Kadokawa Fantastic Novels

我吧！2
關於學長的100個問題

兎谷あおい
illustration◎ふーみ

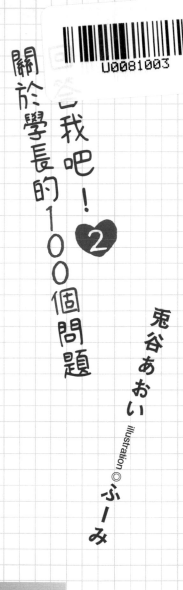

目錄

我們的問題日誌

插圖●ふーみ

第28天 「妳為什麼想學騎腳踏車？」

快樂星期一的快樂早晨……不，是中午。

maharun♪：學～長

maharun♪：早安♪

我今天也在小學妹的LINE通知聲中醒來。我拉開窗簾，刺眼的陽光照入室內。

自從九月中小學妹在八丁畑站向我搭話以來，我們相處得……還算不錯。雖然總是她整我、我整她、她整我，但……我們的關係還滿好的。她昨天還來我家玩。

我和這可愛的學妹——米山真春，今天也約好要見面。她不會騎單車，要我陪她練習。

Keita：妳一大早精神真好

Keita：早安

maharun♪：今天是晴天耶！

maharun♪：終於放晴了！

喂喂，妳也太興奮了吧。是因為我們昨天「在家約會」過嗎？

……不過我也滿開心的，所以明白這種興奮的心情。

maharun♪：我們一小時後公園見，一定要來喔！

因此我推著腳踏車到附近的公園。雖然我沒必要帶腳踏車去，但她說想看我示範，我也只能點頭。

她準備萬全，戴著初學者用的安全帽和布手套。纖長的雙腿也被牛仔褲包覆著，畢竟受傷就不好了。她穿得那麼粗獷仍舊有點可愛，讓人恨不起來。

「我借了哥哥的腳踏車，最近沒人在騎。」

我記得她哥在外地讀大學，可能只有過年才會回家。

她得意地說完，我看了眼她身旁的淑女車。那台車平凡無奇，有幾段變速功能。上頭沒什麼裝飾，和小學妹擺在一起很不搭調。腳踏車本身沒有問題，只是不夠華麗。

這台車「最近沒人騎」啊。我壓了壓輪胎，立刻就扁掉。這怎麼騎？

「抱歉在妳充滿幹勁時打岔——先為輪胎打氣吧？」

我回家拿了打氣筒過來，費力按壓把手的同時，撇頭問她。

「話說，戴那種安全帽沒問題嗎？」

那不像腳踏車安全帽，比較像施工或防災用的帽子。內側不是軟墊，而是一條條鬆鬆的帶子，感覺很廉價。

「沒問題。」

「妳哪來的自信？」

「我今天穿的牛仔褲很厚……啊，你要摸摸看嗎？」

她捏起大腿處的布料要我摸。

「不用了。」

「嘖。」

「怎樣啦？」

「而且——你看到我快跌倒時也會保護我吧？」

見她笑著這麼說，我無法反駁。

＊＊＊

打完氣後，我終於要開始練習騎腳踏車。

我小時候沒機會練習，後來也沒這個必要，所以一直拖到高中都還不會騎。

雖說事到如今不學也沒差，我還是對學長說「這樣下去感覺你有事沒事就會嘲笑我」，以此為藉口請他陪我練習。但他也有可能因為我特地練習而嘲笑我就是了。

不過我還是會怕。因為用學長的話來說，這是一件「未知」的事。

而且也很常聽人說「小時候練習時摔了很多次」。

「希望不會太痛。」

我說出自己的小小心願後，學長不知為何一臉嚴肅。

「別這麼說，會讓人誤會。」

什麼？

……喔，原來如此。

「拒絕性騷擾。」

「是妳先說的吧！」

這樣的對話緩解了我的緊張，卻又讓我有點不甘心。

＃　＃　＃

「我們先練這個。」

我回想昨晚用平板查到的方法，跨上腳踏車。

接著蹬地後不踩踏板，雙腳伸直向前滑行。等速度緩下來，再用右腳踩地迴轉，滑回小學妹身邊。

「妳試試看。」

「呃？」

啊，我好像說明得太少了。我讀過網路文章，但小學妹只看我的動作當然不懂。我按照網頁內容向她說明這項練習的目標和用意，小學妹點了點頭，跨上腳踏車。

但她看起來怪怪的。

小學妹一副快哭的樣子，盡力踮起腳尖，想要坐到坐墊上。她才正要學騎單車，做這個動作當然會重心不穩。

眼見她搖搖晃晃，差點摔倒，站在一旁的我趕緊扶住她。

「坐墊太高了。」

我扶著那柔軟的身軀，說出心中的猜測。

「你要扶我，你要先說……」

小學妹滿臉通紅，還沒開始練習就顯露疲態。

＊　＊　＊

沒想到這麼快就被學長攙扶，不知該開心還是難過，心情複雜。

調低坐墊後，我再度挑戰。

握住手把，手指扣在煞車上……準備好了。

我輕輕蹬了一下地面，不敢太大力。腳踏車滑行約三十公分後，我的腳又回到地面。

「不錯嘛。」

我在學長的鼓勵下再試了一次，這次前進約五十公分。

咦？好像滿簡單的？

嘗到甜頭的我加強蹬地力道，目標是……三公尺。一直張開雙腿感覺有點奇怪，所以我將腿往內側集中。

結果……

「唔……！」

我忽然有種龍頭被拉走的感覺，接著連人帶車往右傾斜。我擔心會跌倒，趕緊張開腿，用運動鞋底摩擦公園的沙地……停了下來。呼，好險。

……不過這是怎麼回事？

學長見我一臉疑惑便告訴我答案。

「妳壓到石頭了。」

「石頭？」

我朝學長指的方向望去，地上真的有一顆大石頭。

「還好沒摔倒，但我沒想到妳會因為這種小事驚慌。」

「請別嘲笑他人的不幸。」

「我才沒笑。」

「你嘴角上揚了。」

「哪有。」

嘖，我本來想誘導他，可惜失敗了。我不理學長，正想坐回坐墊時，他向我補充：

「妳可以用龍頭避開障礙物。」

「向左右轉嗎？」

「對。遇到緊急狀況還可以按煞車，這樣能更快停住。」

喔，原來如此，我完全忘了還有煞車。煞車就是為了這種狀況存在的嘛。

# # #

隨後，我示範如何將龍頭向左右扭轉，避開障礙物，然後重新調整小學妹的腳踏車坐墊高度。

我對她說「踩了踏板就能前進」，不一會兒她就抓到訣竅。雖然看起來仍搖搖晃晃的，但她至少能在摔倒前踩地。

「妳學得真快。」

「我有天分啊！」

「這種時候妳該吹捧我教得好吧……」

「好吧，學長教得真好。」

「也太沒感情……」

我們鬥著嘴，坐在公園的長椅上休息。

我去一旁的自動販賣機買了熱飲，被冷風吹得發寒的身體這才稍微回溫。

「我要問妳『今日一問』。」

「學長今天要先問喔。」

「**妳為什麼想學騎腳踏車？**小時候沒理由學，現在應該更沒理由才對。」

「什麼，你要問這個喔？」

「嗯，我想知道。」

小學妹顯得有些忸怩。

＊＊＊

「因為……這樣去學長家會更方便。」

我之前並沒有這種想法，但如今這是最重要的原因。走去學長家太遠了，他家在車站反方向呢。

……不過說出來有點害羞。

「這樣啊。」

學長將頭撇向一旁。

「謝啦。」

「我才要謝謝學長陪我練習。」

「別在路上摔倒嘍，柏油路很痛的。」

「換我問你『今日一問』。」

聽見學長感慨的語氣，我忍不住提問。

「**學長有摔車過嗎？**」

「有啊。」

「請說得詳細些。」

「咦？」

學長一臉不情願，感覺就不單純。

「快回答，這是『今日一問』。」

「好啦……別笑我喔。」

「我會笑的。」

「喂！算了……國中時我每天都『騎』腳踏車，不小心『得意』望形。」

「哈哈！」

「……妳笑什麼？」

「因為你說了個無聊的諧音笑話。」

「咦？真的耶，我自己都沒發現……總之，那次我放開了雙手。」

「放開雙手騎車？」

「順帶一提，單手還滿簡單的。」

「請不要炫耀。」

「我不是在炫耀……」

＃
＃
＃

她搞得我好亂，說一下自己的想法又不會怎樣。
「結果我狠狠摔了一跤，超級痛。」
儘管皮肉沒被削掉（因為我穿長褲），但還滿痛的。
那幾天傷口都刺刺的。
「原來學長也會做這種事啊～真讓人意外。」
我沒理會她的話，兀自喝光手中的玉米濃湯。
「我也是男生啊。」
我對著罐中低語，但這番話絕對不能讓她聽到。

第29天 「學長喜歡什麼顏色？」

早上我看了眼窗外，外頭下著小雨。騎腳踏車不能撐傘，我只好提早出門走去車站，真麻煩。

「學長，我一直覺得你的傘好樸素喔。」

「妳的不也是嗎？」

我用的是全黑的傘。透明傘感覺很廉價，我不太喜歡。

小學妹的傘則是海軍藍，邊緣點綴著白線。

「我的傘很好啊，這是我自己選的。可是你的傘應該是在特賣會上隨便買的吧？」

「妳怎麼知道……」

正確來說是我媽買的。反正傘這種東西，只要便宜又牢固就好。

「我當然知道，因為我是學長的小學妹嘛。」

「妳這樣講已經沒人聽得懂了。」

「我自己也聽不懂。」

那就不要隨便亂說。

＊＊＊

對了，這個問題我還沒問過他。

「學長，『今日一問』。」

我們搭上電車，我享受著車廂中的暖氣，向他提問。

「**學長喜歡什麼顏色？**」

他週末約會時穿的便服和我前兩天看到的睡衣大多是藍、深藍、灰等冷色系的顏色。

「顏色？顏色啊……」

哦？他竟然猶豫了起來。

「我不太在意顏色。」

「那你都怎麼挑衣服呢？」

「我都挑正常的顏色。」

「正常的顏色有很多種啊……」

「是嗎？」

學長的衣服以高中生來說，確實給人一種普通、平凡的感覺。

沒錯，他的穿衣品味可說是不好不壞。不過男性挑衣服時也沒必要那麼大膽就是了。

「是啊。」

「這我就不懂了。」

「你說一下日常用品的顏色，我做個抽樣調查。」

「好方法。」

蒐集完這些資料再做分析，就知道學長喜歡的顏色了。

「手機。」

學長將手伸進口袋，拿出智慧型手機。

「黑色的iPhone。」

「手機殼。」

「黑色加透明。」

「鉛筆盒。」

「藍色。」

「自動鉛筆。」

「水藍色。」

「眼鏡。」

他用雙手摘下眼鏡，在面前轉了一圈……這好像是我第一次看見學長沒戴眼鏡的樣子。沒戴眼鏡的學長……感覺好純真。

「這應該是黑色加藍色吧。」

「耳機。」

他又將手伸進口袋。

「是橘色的，真特別。」

「原來學長也有暖色系的物品……」

「我在妳心中到底是有多冷漠？」

嗯……只問物品有點無聊，應該問一些能揭露內心祕密，而且有顏色的東西……例如這個。

「請想一個你喜歡的角色。」

「啥？」

「那個角色的代表色是？」

「髮色是藍色。」

「我懂了。」

「妳懂什麼？」

「是。」

「是什麼是啦。」

「我知道學長喜歡什麼顏色了，是藍色，怎麼看都是藍色。」

「藍色啊。」

「這代表學長還很青澀。」

「怎麼變心理測驗了……我第一次聽到這種說法。而且妳是學妹，憑什麼說我青澀！」

「會說這種話代表你不夠成熟，不像大人那樣從容。」

「我本來就未成年，也沒有選舉權。」

「對。」

……雙方你來我往，這個話題要怎麼收尾呢？

「會這樣認真回答就代表你還年輕。」

「妳比我更年輕吧？」

「沒錯～我是十五歲的妙齡女郎☆」

＃＃＃

她是不是想要我吐嘈「妙齡女郎這個詞有夠老氣」？

我故意不理她，換我提問了。

「這位妙齡女郎，我要提出『今日一問』。**妳喜歡什麼顏色？**」

「我是粉紅色。」

「I am a pink.」

「這樣一來，粉紅色變成名詞了。」

「翻成英文前就是名詞好嗎……不知道pink能不能當可數名詞。」

來查查看好了。我從書包裡拿出電子辭典。

「喔，可以耶。」

那個方框圍住的C正是可數名詞的記號。

「意思是撫子花呢，撫子小姐妳好。」

「我是大和撫子。」（註：代指溫柔而文靜的女性）

小學妹吐出舌頭，擺了個姿勢。

「哪有這麼調皮的大和撫子？」

扯遠了，回歸正題。

「妳為什麼喜歡粉紅色？」

「因為我是真春啊。」

「真春？」

「我叫真春。說到春天，不就會想到粉紅色嗎？」

「這理由也太隨便。」

笑呵呵的她忽然露出認真的表情，嚇了我一跳。

「人剛開始喜歡一個東西，都是因為很小的理由吧？」

她的話語比平常更快從耳朵滲入我腦內。

是這樣嗎？

我不太……明白。

「學長之後一定也會越來越喜歡藍色。」

「是嗎？」

仔細一看，我手中的電子辭典套也是深藍色的。

我也太喜歡藍色系了吧，難道我前世是海的化身？

「是的，心情也會跟著變藍喔。」

「這樣不好吧……」

「還是你要和我一起冒粉紅泡泡呢？」

「更不好了！」

電車中響起我和小學妹壓低音量的輕笑。

第30天 「學長接下來有什麼打算？」

早晨。

我一如往常去到車站，月台上擠滿了人。人數是平時的兩倍，不，可能有三倍。

「由於乘客發生糾紛，現在上下行的列車都有誤點的狀況，不便之處敬請見諒。請利用接駁電車前往目的地。」

我奮力撥開人群，走到平時等車的地方。學長也站在老位置，但他今天沒有看書，反而罕見地滑著手機。

「喔，妳來啦，早安。」

「學長早安。」

學長好像很少先跟我搭話，這可能是第一次？

「情況如妳所見。」

「乘客間的糾紛指的是什麼呢？」

學長將手機舉到我面前，輕輕晃了晃。

「不知道，找不太到相關資訊。不過發生性騷擾事件時也會這麼說。」

「早知道就不問了……」

話說我們站在這裡聊天好嗎？

我們平常搭的那班電車會在上課三十分鐘前到站，但現在電車誤點，有可能會害我們遲到。如果誤點的是較多人搭的那條路線，老師會比較能體諒。而這條濱急線一直很準時，我開始搭這條線上學後還沒遇過嚴重誤點，因此無從推測時刻表何時會恢復正常。

不過還好有學長在，我直接問他就好。

「學長，我要趁現在問你『今日一問』。」

我好像很少在上車前向他提問。

「**學長接下來有什麼打算？**」

「有什麼打算……妳是想問我要怎麼去學校嗎？」

「對。」

＃　＃　＃

她好像很少在電車來之前提問……但如果電車沒誤點，我們早就上車了。她問我「接下來有什麼打算」。

不過有件事我很好奇，想在回答前先問。

「我可以先問一下嗎？也是用『今日一問』。」

「什麼？」

「**我回答完妳打算怎麼做？**」

「我要跟著學長。」

「一生嗎？」

我脫口說完才心想自己怎麼會開這種玩笑。

「今天而已啦，討厭。」

還好她沒有對此深究……不過如果深究下去，我和她都會很尷尬就是了。

「這種事不是該各自決定嗎？」

「我的資料太少了，沒辦法做決定。畢竟我是第一次遇到誤點。」

「妳手上那個板子是裝飾嗎？」

小學妹聽完笑了出來。

「自己用手機查太麻煩了，而且我看你很努力在查。」

她還說「跟著你行動比較輕鬆」。我們現在待在一塊兒，確實沒有必要兩個人都查相同的資訊。

「妳呀……」

「很合理吧？」

「是滿合理的。」

「所以學長打算怎麼做？」

我已經大致做出決定，但還是邊說邊重新思考一遍，以作最後確認。

「從推特看來，那場糾紛應該發生在四十五分鐘前。時刻表的確受到一定程度的影響，但即使搭了接駁電車也會繞一段路。」

附近並沒有和濱急線平行的鐵路，得從三角形的另外兩邊繞去學校。

「看樣子電車也快恢復正常了，我想搭下一班車。萬一快要遲到，只要申請誤點證明就好。」

「那我也這麼做。」

「決定得真快。」

「因為我再怎麼說都很信任學長啊。」

「……謝謝妳喔。」

＊＊＊

學長說完才過五分鐘，電車就來了。

電車上都是人，大家擠在一起，摩肩擦踵。

車門打開，下來了一些人，接著月台上等候的人一擁而上。

……仔細想想，我幾乎沒擠過電車，唯一一次是玩到遊樂園關門才離開的回程電車。當時的乘客大多是親子，但這班車上有九成都是上班族，黑鴉鴉的一片。

「上車吧。」

我在學長催促下邁開腳步。

連車門附近都擠滿了人，看來已經沒有空間容納我。

學長看準一道縫隙，低聲說著「不好意思」，倒退進入電車。這下更沒有我的位置了。

「怎麼了？」

學長見我站在原地發呆，疑惑地問道。月台響起發車鈴，再不上去電車就要開了。

我猶豫了一會兒。

最後衝進視野中最近的人——也就是學長——的懷抱。

###

小學妹看起來怪怪的。

電車誤點，車上當然擠滿了人。

她被進站列車嚇到目瞪口呆，我喊了她一聲，她卻又一臉茫然。眼看電車就要離站，我再喊了她一聲，誰知道……

她竟然衝向我的肚子，不，好像是胸口。

這差異不太重要，暫且忽略。

小學妹撞到我那瞬間車門剛好關上，我一不小心就將她摟進懷裡。

「妳還好嗎？」

「好像不太好。」

她小聲補充道「我幾乎沒擠過電車」，接著勉強擠出笑容說：

「學長會保護我吧？我在你懷裡啊。」

她明明很緊張，還是像個小惡魔般調戲我。

我努力保護這個小惡魔——或許該說幼惡魔——不讓電車上的任何人碰到她纖細、苗條卻又柔軟溫暖的身體。

直到電車駛進位於路程中點的轉乘站，人們紛紛下車為止。

＃　＃　＃

「謝謝學長。」

電車終於變空，小學妹站回老位置後向我道謝。我的心臟從半路起就怦怦地一直跳，根本顧不得她有沒有道謝。還好她應該沒發現我的狀態。

「可以問妳一件事嗎？」

「什麼事？」

「妳對擁擠的電車有陰影嗎？」

「還好。」

「那為什麼那麼害怕？」

「我只是想整學長……不，騙你的。」

如果剛剛那是演的，那她真該進演藝圈。

「因為我不喜歡『男人』，但可以接受『男孩子』。」

「啥？」

「就是說我和那些擠電車的上班族大叔年紀差太多了，不懂他們在想什麼。而且也常看到性騷擾的新聞。」

我也不明白那些色狼想幹嘛，有必要冒著被社會唾棄的風險做這種事嗎？

「換言之，他們就跟『動物』一樣可能對我造成危害，想法難以捉摸……應該吧。」

「我懂妳的意思……」

她長得這麼可愛，說的話卻有點過分。

……咦？

「那我呢？」

「學長……就是學長，既不是『男人』也不是『男孩子』。」

「什麼意思？真不知道這是稱讚還是批評。」

「是稱讚，因為學長很有趣。」

「喔……謝啦。」

電車駛動。

＊＊＊

「我是笨蛋！不該相信學長的！」

「說什麼傻話！有錯的是鐵路公司……不，是引起糾紛的乘客吧！」

「可是做決定的是學長啊，我還以為絕對不會遲到！」

「就是因為不想遲到才用跑的啊！」

結果那班車在第一節課（我們高中是九點）的五分鐘前抵達日南川站。

從車站走到學校大約七分鐘。

也就是說——如果不想遲到只能用跑的。

所以我們拚命在通往學校後門的路上跑著。

若確定會遲到，大可申請誤點證明，悠哉地走去學校就好。電車偏偏在這種尷尬的時間到站。

學校映入眼簾。我瞄了眼手機，還有兩分鐘才上課，跑快點應該來得及。今天我們已經沒有餘力裝作不認識彼此，只好並肩穿過後門。累死我了。

「學長！」

我朝著跑在身旁的學長大吼。

「明天或後天你要請我吃甜點！」

「會胖耶。」

「不准對女生提『胖』這個字。」

「喔。」

「現在消耗了多少熱量，你就請我吃相同熱量的甜點！」

「那妳要先算出來啊。」

「算什麼……」

「跑步消耗的熱量。但妳應該會乘以好幾倍吧。」

我們說著說著，終於跑到校舍門口的鞋櫃處。

不只我們，所有快遲到的同學都趕緊換了鞋子就往裡頭跑。

今天就聊到這了吧。

「明天見嘍。」

「……好！」

第31天　「學長會戴隱眼嗎？」

昨天擠電車時，我近距離看著學長的臉，忽然想到一件事。

是說，我只短暫見過學長摘掉眼鏡的樣子。

當這個念頭掠過腦海後，我一直拚命回想他沒戴眼鏡是什麼樣子。那樣也滿帥……滿可愛的。

所以——今天一搭上電車，我就提出這樣的「一問」。

「學長，『今日一問』。」

「要問什麼？」

「**學長會戴隱眼嗎？**」

＃　＃　＃

隱眼，隱形眼鏡。

第31天
「學長會戴隱眼嗎？」

我當然知道這個東西。這是戴在眼睛的角膜上，用來矯正視力的醫療用具。

我一直是眼鏡愛用者，但也曾想要嘗試「隱形眼鏡」這種未知事物。所以我家躺著一盒日拋型的隱眼。

對，只是「躺著」，因為我不會再用。

「我不會戴。」

「為什麼？下雨天戴隱眼不是很方便嗎？」

為什麼我不戴隱眼？理由很簡單。

可是我不想說……她一定會嘲笑我……

不過這是「一問」，我怎麼樣都得回答。好吧。

「我不太知道怎麼戴。」

「什麼？」

「我不太知道怎麼將隱眼戴在眼睛上。」

「什麼嘛，我還以為以你的性格一定沒配過。」

「我在妳心中到底是什麼性格……」

她最近對我越來越沒禮貌了。

「怎麼可能戴不上？」

眼看提問的機會就要溜走，我趕緊趁現在開口。

「我可以先問『今日一問』嗎？」

「請說。」

小學妹既然知道雨天戴隱眼很方便，就代表她也有近視——也戴過眼鏡。

「妳平常都戴隱眼嗎？」

「是的。」

「那妳會戴有色的隱眼嗎？」

我每次在推特上看到coser的照片都覺得很佩服。

眸色是二次元角色的重要特徵之一，要扮演角色就得在眼睛下工夫。所以說到戴隱眼的女生，我就會想到有色隱眼。

「不，我沒戴過。」

「哦？」

「因為我不戴有色隱眼也很可愛。」

她拉著右下眼瞼扮鬼臉，那模樣真的很可愛。

「你說句話啊！」

「好啦好啦，可愛可愛。」

「好久沒聽到這句了。」

我的確很久沒講這句話了。

「總之我每天都會戴隱眼。」

「我每天都戴眼鏡。」

小學妹外出時戴隱眼，但在家裡，例如睡前應該會戴眼鏡才對。畢竟她有近視。我在腦內想像眼前的她戴眼鏡的樣子。

「哈囉？學長？」

不知道她戴的是怎樣的鏡框。

粗框？細框？顏色呢？

嗯……我想不到適合她的眼鏡。

我在心中低吟苦思。

眼前忽然冒出兩根指頭。

小學妹比出剪刀手，作勢要戳我的眼睛，指頭抵在鏡片上。

「喂。」

我的眼鏡隨即沾上指紋，只好摘下擦拭。

「學長，你幹嘛突然盯著我看？真是的。」

「咦？」

真的假的？我看得這麼出神嗎？

「你是不是在想像我戴眼鏡的樣子？」

沒錯，恭喜答對。

但我當然不可能這麼對她說。

「不知道耶。」

「是喔。你想看的話，就來我家過夜吧。」

怎麼能對不是男友的人說這種話！害我心跳漏了一拍。

「算了，回歸正題。隱眼怎麼可能戴不上？」

「隱眼很大耶，直接戴又戴不進去。必須一手撐開眼睛，用另一手戴。」

是說，等一下，我的眼鏡還沒擦乾淨。指紋形成的汙漬容易越擦越髒，真麻煩，不過也要怪我偷懶用襯衫擦就是了。

「所以呢？」

「就是這點困難啊！」

隱眼一不小心就會弄掉，弄掉的話又要用生理食鹽水清洗。

重點是很可怕啊，為什麼非得用手指戳眼球不可？

「一定是你眼睛睜得不夠大。」

「白天就算了，若是一大清早，光要睜開眼睛就很困難。」

「啊，原來如此，我懂了。因為學長早上都很睏嘛。」

行，指紋擦不乾淨。

我從口袋拿出手帕。

＊＊＊

早上很睏睜不開眼睛，所以戴不上隱眼。

「你不會戴隱眼，可以練習把眼睛撐大啊。」

感覺有點可愛。

「啥？」

學長還在擦眼鏡，換言之他現在沒戴眼鏡。

沒錯，我不是笨蛋，將指紋沾在他鏡片上當然有我的目的。

我湊近學長，雙手並用將他的右眼大大撐開。

「來嘛。」

第31天
「學長會戴隱眼嗎？」

「妳想幹嘛！」
「我在幫你把眼睛撐大啊。」
「我自己來就好，快住手！」

＃　＃　＃

「學長別亂動，這樣很危險。」
小學妹突然朝我逼近，這麼威脅我。
她那女孩子氣的漂亮指甲壓得我的眼瞼好痛，而且好嚇人。
「妳幹嘛幫我把眼睛撐大？」
「因為你自己做不到啊。」
「這樣也撐不大吧。」
「搞不好可以喔，下次要不要試著戴隱眼？」
「不要。」
重點是我可以把眼鏡戴回去了嗎？
「可以請妳鬆手嗎？」

「左眼也試一下吧。」

「咦？」

她將我左眼撐開，指甲壓著我眼瞼。好近好痛好近。

「好了。」

小學妹滿意地放開我，我趕緊戴上眼鏡，視野終於恢復清晰。

我也終於看清楚她的臉。

「這是在幹嘛？」

「我也不知道。」

她呵呵一笑後，低聲說道：

「不過——偶爾這麼玩也不錯。」

……可能吧。

第32天 「學長念的是哪一班？」

「學長，有件事我完全沒聽說。」

一大早在車站的老地方碰面，小學妹就這麼對我說。

「我現在才知道下週要辦運動會。」

喔，原來是這件事。我們學校的運動會除了少數項目外本來就不太引人注意，不知道也很正常。

不過運動會由學生會主辦，所以我必須在眾人面前致詞。

「妳沒看行事曆嗎？」

我們每個學期初都會拿到。

「我看了！但沒想到上頭的標註這麼不起眼。」

「那就是妳的問題了。」

而且行事曆不都是這樣嗎？

「這麼重要的日子，不是該用星號圈起來或加個胳膊圖案，標註『大家加油』嗎？」

「才不會。」

如果拿到那種稿子，我一定立刻改掉。

「這樣啊，好吧。可是每個人的參賽項目都還沒決定，這樣活動能順利舉行嗎？」

「今天的班會時間好像會討論。」

「怎麼說得這麼不確定……你不是學生會的頭頭嗎？」

「就說了我很少處理實務。」

愛表現的學生會成員都會幫忙處理。

「你有推薦的項目嗎？」

「妳應該能選到想要的吧。」

「你選不到嗎？」

「我會極力爭取輕鬆的項目。」

「……真像你會做的事。但你不期待運動會嗎？」

「一直待在大太陽底下很難受啊。」

啊，但我今年是學生會長，搞不好可以待在帳篷裡……？

「我想想——最後一部分的趣味競賽還算有趣，借物競走之類的。」

學生會對於辦運動會不太積極，「只在」借物競走下了點工夫。

他們要全校學生每人提供一道「題目」，放進抽籤箱裡。

我們一個年級十班，三個年級共有三十班，這麼多人絞盡腦汁想出的題目可謂一團亂。

不過有道德問題或無法實現的題目，學生會好像會事先剔除。

……什麼好像？我也是學生會成員耶。以下省略。

「那我就參加借物競走好了。」

小學妹露出壞笑。

真的假的？

「如果抽到奇怪的題目，只要怪你就好。」

「關我什麼事……」

「你要負責喔。」

我只好祈禱小學妹抽到正常的題目。按照去年的經驗，大概有一半的題目是正常的。

……但剩下那一半就讓抽籤箱變得像潘朵拉的盒子一樣。

＊＊＊

向全校學生募集題目的借物競走？好像很有趣。不過學長表情怪怪的，有這麼不妙嗎？

「話說，今天班會上才要決定參賽項目對吧？怎麼不早點決定呢？」

櫻明高中每週五都會開一次班會，我們會在這時聆聽公布事項、決定一些事……

我不懂為什麼要像這樣在一週前匆忙決定，早點決定不就好了。

「如果不在運動會前決定，大家會忘記啊。」

什麼意思？

「也就是說，太早決定的話，到時候一定會有人忘記自己參加哪一項。」

「太笨了吧。」

「很笨啊。」

可能大家對高中運動會的參與感都不高吧。

「說到班會，我想到了這個『今日一問』。**學長念的是哪一班(kurasu)？**」

「我平常『生活(kurasu)』在家裡的二樓。」

「請別唬弄我。」

我的聲音冰冷到連自己都嚇了一跳。

「快說，你是哪一班的？」

「G班……」

「Great.」

「不是回復藥喔。」（註：此指《魔物獵人》中的「回復藥・大（Great）」）

學長露出既無奈又傻眼的表情。

＃＃＃

唉，真是的。

除了上學途中外，不互相干涉——這是我們之間不成文的規定。但她知道我的班級後，我連午休和放學後的時間都會被她侵占。

反正我們又沒怎樣，她來找我也沒差，我只怕別人用異樣眼光看待我們。我是膽小鬼。

不過……

我們在上學途中聊了這麼多，在學校卻連對方的班級都不知道，確實滿奇怪的。這樣也沒什麼不好，或者說這是自然而然的結果。

好，我也來問一下。

「換我問妳『今日一問』。」

小學妹直直盯著我。

這時如果能給她難堪就好玩了，可惜我沒想到適合的問題。

「**那妳是哪一班的？**」

「我是A班，Class A。」

「聽起來很帥耶，好像生物安全等級。」

「我才不是病原體。」

我沒有這個意思，不過自從和她接觸——被她「感染」之後，我確實變得活潑許多。

我記得有種寄生蟲會寄生在蝸牛身上，控制蝸牛爬到葉子頂端，故意被綿羊吃掉。小學妹可能就是這種病原女。

我會成為什麼的祭品呢？

「妳是小學妹，所以是學妹菌（kouhai kin）。」

「聽起來好像某條肌肉（kinniku）。」

「有這條肌肉嗎？」

「我也不知道耶。」

那妳還說！

# # #

第32天
「學長念的是哪一班？」

當天班會結束放了學，小學妹傳LINE給我。

我抱著頭趴在桌上，轉動脖子看向手機。

maharun♪：學長好

maharun♪：我成功選到借物競走了

Keita：我也是……怎麼會這樣……

我再度抱頭。

第33天 「小學妹，妳打算出什麼？」

時間倒回十二小時前。昨晚十點，我收到LINE訊息。

maharun♪：晚安

maharun♪：學長明天有空吧？

maharun♪：我們出去玩吧

她要我早上十點到隔壁車站和她會合。反正就算問她要去哪裡，她也不會回答，我就不問了。

……拜託，別在假日早上約我出門好嗎？

如今我忍著隱約殘留的睡意，走出隔壁車站的剪票口，小學妹已經在那裡等我了。樸素的毛衣看起來很暖和。

「嗨。」

「等很久了嗎」、「久等了」我都沒說。誰教她要跟我約假日早上，再說我又沒遲到。

「等你好久了。」

結果她卻主動對我這麼說，真是個強勢的學妹。

「被窩也在等我啊，我想回家睡回籠覺。」

「不行。」

「至少給我條毛毯吧。」

「學長嘴上這麼說，還不是來了？我很喜歡這樣的你。」

喂，別輕易說什麼喜不喜歡的，嚇我一跳。我正準備若無其事地別過臉，不讓她察覺到我的驚慌，還好這時她已邁開腳步。

和平時一樣，又是一場神祕的小旅行。不知道她要帶我去哪裡。

最起碼該告訴我要去哪裡，讓我有個心理準備吧……但感覺說了也沒用。

＊＊＊

我們走了五分鐘，來到一間ＫＴＶ前。這間店十點才開，現在人應該沒有很多。

「卡拉ＯＫ？」

「對，就是卡拉ＯＫ。」

「無人樂隊的簡稱？」

「卡拉ＯＫ原來是這個意思啊。」

我以前都不知道。

「是說我上週才……」

「和朋友來過卡拉ＯＫ嘛。」

這我知道。

「那妳幹嘛還邀我？」

「我也想和學長唱卡拉ＯＫ啊。」

「呃……好吧。」

這句話明明構不成理由，不知為何學長還是接受了。氣勢果然很重要。

「學長，你要選ＤＡＭ還是ＪＯＹ？」

櫃檯人員詢問我們偏好的機種，我問學長。

「ＤＡＭ吧。」

「我們要ＤＡＭ。」

接著我們便拿到寫有包廂號碼的牌子和飲料吧的杯子。

＃　＃　＃

第33天
「小學妹，妳打算出什麼？」

我上週才來過ＫＴＶ。

這是我第一次沒隔多久又來ＫＴＶ。

進到包廂後，我才注意到……

這也是我和小學妹第一次單獨待在密室裡——不對，我房間也算。

應該說是家裡以外的密室。不過包廂沒上鎖，所以也不算密室？

在這種又暗又小的包廂和她並肩而坐（我們將包包放在沙發上，所以不得不這麼坐），我的注意力一直被身旁的她吸走。

我們之間只隔一個拳頭。

這就是我和小學妹現在的距離。

「學長？你怎麼都不說話？」

「嗯？喔，沒事。」

不該在這傢伙面前陷入沉思的，她賊賊地笑了起來。

「別因為跟可愛的學妹獨處一室就做些奇怪的事喔。」

「好啦好啦。」

好險！我差點下意識說出「妳最可愛」！

我咬住舌頭，截斷這句話。

「嘖。」

「妳剛剛咂舌了吧？」

「沒有啊。」

「一定有。」

「我才不會做那麼沒品的事。」

「什麼……算了。」

包廂很窄，小學妹的聲音聽起來比平常還近。

「對了學長，要不要跟我一決勝負呢？」

「勝負？」

兒童節掛的那個……不對，那個是菖蒲。

「我們可以切成『精密採點ＤＸ』的計分模式，離開前拿到最高分的人就贏了。」

「規則真單純。」

「條件太多對我們彼此都很麻煩吧？可能會故意挑對方毛病。」

「也是。」

「贏的人可以像『每日一問』那樣，要求對方做一件事，無論什麼事對方都要照做。」

第33天
「小學妹，妳打算出什麼？」

「怎麼突然想出這麼恐怖的提議？」

「不過只能提出常識範圍內的要求。」

「常識」真是個好用的詞。

「學長，這樣可以嗎？」

「我只想知道為什麼要比賽。」

「因為我想和學長比賽啊。」

「這樣啊！妳完全沒顧慮我的感受嘍！」

「你進到這裡就代表消極同意了。」

被她這麼一說，我什麼話都無法反駁。

小學妹瞄了眼語塞的我，嘿嘿地笑了。

「就這麼決定嘍。那麼……誰先唱呢？」

先發制人很重要。先唱的人得到的分數，會成為之後的參考基準。

我雖然有很多深藏不露的絕招，但對自己的歌喉不太有自信。

可以的話我想先高歌一曲，搶先取得不錯的成績。

「搶得先機很重要，用公平的方法決定吧。」

「那就猜拳吧，贏的人先唱。」

我就在等她這句話！

「好。」

雙方都同意了。

我在內心發出歡呼，表面上卻不動聲色地開口。

「我要問『今日一問』了，小學妹。」

我和小學妹猜拳時，有一招必勝的方法。

「小學妹，妳打算出什麼？」

沒錯。

面對「今日一問」一定要誠實回答，所以我只要問她「要出什麼」就好。這樣一來，我只要根據小學妹的回答出招，就能取得勝利。勝利已經掌握在我手中。

＊＊＊

唔哇……

不過是猜拳，學長怎麼這麼認真？這麼想搶得先機嗎？

可是——他太在意提問的時機，反而忘了一件更重要的事。

我決定這麼回答。

「咦，出右手啊。」

畢竟他只問我「要出什麼」。我是右撇子，猜拳時幾乎都出右手。

我當然知道學長的用意。但我可沒那麼乖，明知有漏洞可鑽還上他的當。

「妳啊……」

啊，學長抱著頭趴在小桌子上。

真是的，也不想想是誰造成的……是我啦。

那我要乘勝追擊了。

「學長，我也要問『今日一問』。」

你該這麼問的，學長。

「學長待會兒猜拳時，打算出剪刀、石頭還是布？」

「石頭……」

「我明白了。」

那麼學長，手借一下。

「剪刀、石頭……」

於是，我順利獲得搶先開唱的權利。

第一首……好，就選這首可以炒熱氣氛的歌吧。

＃＃＃

小學妹的歌喉超級好。

她的聲音變化自如，既沒有走音，又唱得很有感情。由於機器評分是以音準為主，她並未拿到太高的分數，但還是超過九十分。

「厲害。」

「厲害吧？」

「對啦對啦，厲害厲害。」

老實說她真的很強。

畢竟她如果對歌聲沒自信，就不會找我比賽了。

我不覺得自己第一首就能拿九十分，該怎麼辦呢？

先隨便選首動畫歌曲好了。

我就這樣隨興選歌，和她唱了幾輪。

現在分數最高的仍是小學妹唱的第一首歌。她後來選的都是快節奏的歌，可能喜歡這種明亮的風格吧。

而我即使選了喜歡且常唱的歌，還是沒超過小學妹的分數。這下子只能拿出壓箱寶了。

我按了按遙控器，畫面上浮現下一首歌的歌名。

歌曲長度約一分鐘，歌名為《海》。沒錯，就是那首兒歌。

小學生以上的人都知道這首歌。一般在KTV唱這首歌會引起大家反感，但今天的重點是分數，應該沒關係吧。

而且——兒歌就是做來給小朋友唱的。換言之，旋律都很好唱。

看吧，真的是這樣。

我拿到九十三分，成功超越了小學妹的分數。

這樣一來，之後她若沒拿到更高分，就是我贏了。

「什麼嘛，竟然來這招。」

隨妳怎麼說，我也想贏啊。

小學妹接下來選了某動畫的第二季片尾曲，節奏比較慢，應該很好唱。

麥克風收到她的吸氣聲，響徹整個房間，光是這樣就讓我莫名顫抖。

隨後，小學妹開始認真演唱。

與這極致的歌唱實力相比，剛才那些歌簡直就像在暖身。若說剛才是素人在秀歌喉，這首就是職業級的水準。「用喉嚨播ＣＤ」指的就是這種歌聲吧。

看來我應該會輸給她。

要放棄嗎？不，我還有一招。

只是……她的歌聲太美，我不忍心打斷。

但也沒別的辦法。我只好趁歌詞間的頓點，也就是間奏時出擊。

我轉向小學妹，對著她秀麗的面容旁的漂亮耳朵吹了口氣。

「嗚嗯！」

她的背震了一下，口中發出嬌豔的喘息。與此同時歌曲仍在進行，即將進入C段。

我算準她開口的時機，又吹了口氣。呼～

小學妹的完美歌聲被打亂。

抱歉啦，但我也不想輸。偶爾讓我贏一下嘛，再說她才剛整過我。

我接連吹了幾下，原本一直忍受我的攻擊繼續唱歌的小學妹靜靜地放下麥克風。歌曲還在繼續，這麼做等於放棄演唱。

換言之，這首歌的分數會變低。

「學長？」

然而我卻開心不起來，因為她的聲音和剛才的歌聲天差地別。聲音中帶有一股壓迫感，讓聽的人備感威脅。

「是。」

「你敢做這種事……」

「是。」

「就代表你不怕我以牙還牙嘍？」

她的笑容緊貼在我面前，顯得更加可怕。

「對不起。」

「道歉有用的話就不需要警察了。做好心理準備了嗎？」

她跨到我腿上，採取居高臨下的姿勢，開始狠狠地搔我的腋下。

酥麻感從背脊竄上腦袋，我很快就意識混亂，倒在沙發上，只感覺到她的手在我的上半身游移。

她這次搔癢好像搔了很久。我再度回神時，包廂的對講機傳來鈴聲，通知我們使用時間結束了。

第34天 「學長想好要我做什麼了嗎？」

外頭很冷，我裹著棉被發呆。

昨天的卡拉ＯＫ大賽，到頭來還是算我贏。

雖然用了很多犯規招數，但贏了就是贏了。我可以要求小學妹做一件事。

我當場完全想不到，所以先保留了這個權利。

「慶太？你該起床了吧？」

我呆呆地回想昨天發生的事，這時媽媽的聲音從客廳傳來。

我看了眼枕頭旁的智慧型手機，今天還是睡到很晚，已經中午十二點了。

LINE沒有任何新訊息。畢竟我們昨天才一起出去玩，今天總該讓我好好休息了吧。

我慵懶地坐起身，發現頭腦和身體意外地舒暢。睡了這麼久，這也是當然的。我下樓走到客廳。

「我還以為你今天又出門了呢。」

我拿起咖啡壺，將咖啡倒進常用的馬克杯裡，媽媽在我身後說道。

「每天出門會累死。」

而且平日還要去學校。

「咦？可是你最近很常出門啊，昨天也是。」

唔！

「你去哪兒了？早上醒來看你不在家，我嚇了一跳。」

「呃，我去ＫＴＶ。」

「自己一個人？不可能吧。是跟那女孩一起去的吧？」

唔唔！

「不是。」

「不用害羞。我的獨生子終於迎來春天了，再多說一點細節嘛。你在哪兒認識那麼可愛的女孩？」

唔唔唔！

「我們沒在交往。」

「我沒問你這個啊。」

啊！

「不過——你們感情那麼好，竟然沒在交往。快點告白，你是男生耶。」

「我討厭『男生就該告白』的風潮。」

「不管怎麼說，女生還是比較喜歡可靠的男生。」

「她可不是這樣。」

她的標準應該只有一項。

那就是對她而言有不有趣。

換個角度來說，只要我「變得不再有趣」，也就是她對我「膩了」，我們現在這種關係就結束了。

「哎呀，你們真甜蜜。」

「吵死了。」

我吃完早午餐回到房間，就發現小學妹傳來了問題。

maharun♪：學長

maharun♪：「今日一問」

Keita：嗯

maharun♪：**學長想好要我做什麼了嗎？**

原來是這件事，我還沒想好耶。

連要求的「輕重程度」都還沒想好。

Keita：還沒……

maharun♪：學長真沒膽耶

Keita：對，我很沒膽

maharun♪：我明明說什麼事都可以

Keita：這種最讓人傷腦筋了……

昨天在KTV包廂時，我明明超想得到這個權利，現在卻不知如何運用。我當時可能只是不想把權利讓給她吧。

我想從她身上得到什麼？希望哪些事比現在更進一步？又該拿什麼回報她？我完全不曉得。

Keita：不好意思

既然不知道，再扯些有的沒的也沒意義。

所以我決定給自己設個期限。

Keita：明天

maharun♪：明天？

Keita：明天我再告訴妳，我想請妳做什麼

隔了三十秒，小學妹回覆我。

maharun♪：好，我知道了

我真的什麼都沒想，接下來得好好思考再做決定。
到時候我想和她面對面，直接告訴她。
這個念頭湧上我腦海。

第35天 「學長喜歡什麼料理？」

「學長！」
早晨在月台一看到我，小學妹立刻衝了過來。她是狗嗎？
但若她是狗，我也不是飼主，而是被這隻獵犬追捕的獵物吧。
「哈、哈囉。」
「學長？」
「呃，等一下。」
我知道現在應該告訴她我想請她做什麼。
可是——她靠我這麼近，我害羞到說不出口。
「快點、快點。」
「呼……」
面對小學妹這種咄咄逼人的態度，我已不再反抗。
我深吸了一口氣。

「我的——」

＊＊＊

學長說出了他的「要求」。

他要我做什麼呢？

應該不是壞壞的事，也不是無聊的小事。畢竟他說他認真思考過了。

該不會要向我告白吧？應該不會。但他如果向我告白，我要回什麼呢……想太多了。

「——生日快到了。」

「什麼？」

他說的內容離我的設想越來越遠，我回話時不小心破音了。

「幫我盛大慶生。」

「就這樣嗎？」

這回答太出乎意料，我忍不住追問。

「啊，雖說盛大，但只要我們倆參加就夠了。在這範圍內……」

「我不是問這個。」

我打斷學長的話。

「這件事不用學長要求我也會做，為什麼要『許這種願』？」

我們很久以前聊過彼此的生日，當時好像也聊到了星座。

後來我也曾想過要怎麼幫學長慶生。

「我是獨生子，朋友也不多，沒有人幫我辦過真正的生日派對。大家只會做做樣子，對我說句『生日快樂』而已。」

「真可憐。」

學長感覺就會對這種事耿耿於懷。

「在這點上，小學妹各方面都能讓我放心。」

「這是怎樣的信賴感……」

生日派對這麼盛大的東西大部分也只是做做樣子而已。

「話說，我們為什麼要幫別人慶生啊？」

「這麼基本的問題？……這我還真沒想過。」

聽到學長說做做樣子，我便想到了這個問題。

「應該是想說我出生、你出生，我們才能在這世界相遇，所以要慶祝這段緣分吧？」

「不是吧，我看那些現充只是想找理由開趴而已。」

「這種話不能亂說吧，學長。」

「我們才兩個人，就算吵鬧起來也不會太誇張。我很期待喔。」

「是週日對吧……那就慶祝一整天嘍？」

「不需要用到一整天啦……總之我那天空著。」

「我明白了！」

我做了個可愛的敬禮姿勢。交給我吧，學長！

＃　＃　＃

我說了自己的「要求」。

看她一副躍躍欲試的樣子，我有點擔心她對此太過認真，但就先這樣吧。

「既然決定要慶生，我想問學長『今日一問』。」

哦？她想問什麼？

「**學長喜歡什麼料理？**」

「我之前沒回答過嗎？」

「我很久以前問過你『喜歡的食物』，你說草莓。」

對了，那時我還全身帶刺，充滿戒心。

小學妹好像說鬆餅，她的回答姑且算是料理。

「料理啊……」

「你可以把這個問題想成生日想吃的食物。」

「好喔……」

我在腦內盤點至今吃過的各種料理。

完全無法決定。

「你先決定要和食還是洋食。」

「沒有中華料理這個選項嗎？」

「那在海的另一端，所以算洋食。」

「洋食的洋指的是西洋吧？」

「中國也在日本西邊海域的彼端啊。」

「那片海叫東海。」

「你也承認那是海了吧，所以說西洋也沒錯。」

可惡！

「……沒有啦。你要選中華料理嗎？那種的我也會做。」

「……咦？妳要做給我吃嗎？」

「別擔心，我會好好發揮看家本領的。」

她用鼻子哼了兩聲，望著我眨了眨眼睛。好可愛。

「我想問一件事，妳做糖醋肉會加鳳梨……」

「不會，太麻煩了。」

「喔，那就好。」

聽說鳳梨中的酵素可以使肉變軟，但那麼做也會使料理變味，明顯是弊大於利。幹嘛在糖醋肉裡加那種水果？太怪了吧。

「話說回來，學長喜歡中華料理嗎？」

「我喜歡那種油膩膩的感覺。別看我這樣，我好歹也是發育期的男生。」

「這種話哪有人自己說的……」

＊＊＊

中華料理啊，我做過哪些呢？

生日蛋糕用買的應該就可以了吧。

我想著這些事的時候，學長也提出他的問題。

「『今日一問』，**小學妹喜歡吃什麼？**我指的是甜點以外的正常料理。」

哇，學長還記得我之前回答過什麼呢。

「若是和食、洋食、中華選一個，我會選和食。」

「我還以為妳喜歡洋食。」

「洋食我也喜歡，但我更喜歡和食高湯的溫和口感。」

「嗯，我可以理解。」

我們今天也慵懶地聊著各種話題，搭車前往學校。

第36天 「學長平常早餐都吃什麼？」

十月二十二日，這天原本是個平凡無奇的日子，今年卻不一樣。

天皇陛下在今天即位，年號改為令和。為了向神明和外國人宣告這件事而辦的活動——好像叫即位禮正殿之儀？因為有這個活動，所以今天放假。

每逢假日我只會做一件事。

就是悠哉地睡到下午。

＊　＊　＊

maharun♪：早安！

如我所料，LINE沒收到回應，連「已讀」都沒有。反正學長一定像之前放假時一樣，正在呼呼大睡。他也太愛睡覺了吧，是在和棉被談戀愛嗎？受不了。

這種情況下，我也有我的對策。

可別怪我在你睡覺時做些手腳喔。

我從LINE的對話一覽中，打開和另一個人的對話。

maharun♪：早安

maharun♪：待會兒可以去府上拜訪嗎？

maharun♪：不好意思突然這麼問

這次我的訊息很快就被已讀，也收到了回覆。

井口惠子：真春妳好

井口惠子：我不是說隨時歡迎妳來嗎？

maharun♪：謝謝您！

沒錯，對方正是學長的母親。我上次去他們家時和她交換了LINE，後來偶爾會聯絡。

井口惠子：我先去叫慶太起床吧？

井口惠子：不然他一定會睡到中午

maharun♪：啊，先別告訴學長

maharun♪：我有一些計畫

偶爾惡作劇一下，學長應該不會生氣吧？

井口惠子：呵呵，知道了

井口惠子：妳到了再跟我聯絡

井口惠子：我偷偷幫妳開門

光講這樣，伯母就明白我的意思，真不愧是學長的母親。

maharun♪：謝謝您……！

maharun♪：我大概一小時後到

井口惠子：好～

我去了趟超市買東西，接著便抵達學長家。

maharun♪：我到了

井口惠子：等等，我幫妳開門

「伯母好，謝謝您允許我突然過來。」

「不用客氣，妳來我很高興啊。有沒有淋到雨？」

「只是毛毛雨而已，不要緊。」

我揮了揮從包包裡拿出的圍裙，詢問伯母：

「對了，可以跟您借一下廚房嗎？」

＃　＃　＃

開門聲吵醒了我。

接著走進房間的腳步聲，聽起來和我媽不太一樣。

「學長！」

真奇怪。

這聲音的主人根本不可能出現在這裡。我在作夢嗎？這是夢吧？

「學長，早上了！不，已經中午了！」

我被人搖晃肩膀，眼睛自然而然地睜開。

沒戴眼鏡的模糊視野中出現她的臉，那張臉比我想的更大。

「太近了。」

「學長，我還是覺得你不戴眼鏡比較好看。」

我才不管別人怎麼看我。我摸了摸擺在固定位置的眼鏡，將眼鏡戴上。

「早安。」

我終於看清楚小學妹——有件事我有點在意。

第36天

「學長平常早餐都吃什麼？」

「妳幹嘛穿圍裙？」

她穿著深藍色的圍裙，不過沒有拿湯杓就是了。

「因為——我要幫學長做早餐啊。」

「妳竟然用了我家廚房。」

「我之前和伯母交換過LINE嘛。」

「我們走吧。」

哇咧，她什麼時候換的？

小學妹說完後抓起我的手，將我拉到餐廳。

莫非她是想連我的胃也抓住嗎？

「好，我想問你『今日一問』。」

我們在餐桌前面對面坐下，小學妹開口說道。

「**學長平常早餐都吃什麼？**」

「咖啡。」

「那是飲料吧。」

「米。」

「只有米嗎？」

「香鬆。」

「那只是米飯的附屬品吧……」

「還有味噌湯。」

我說完那瞬間，小學妹展露笑容。

「太好了，我今天做的就是味噌湯。」

「那我挺期待的。」

對了，我媽去哪了？——她就在一旁竊笑。給我離開這裡！

「我也要問妳『今日一問』，**妳平常的早餐是？**」

「香蕉。」

「啥？」

「我喜歡甜的東西，所以都吃香蕉。」

「香蕉又不能做。」

「學長，你是想做早餐給我吃嗎？」

我想做早餐……給她吃嗎？我自己也不知道。只是自然而然就這麼說了。

「只要是學長做的料理，我都歡迎。」

「是喔……」

小學妹說完便站起身，盛了一碗味噌湯回來。

這次她右手真的拿著湯杓。這樣湯杓上的湯汁不會滴到地上嗎？算了。

「請用。」

「雖然有點不爽，但我還是開動嘍。」

畢竟食物無罪。

「什麼意思？」

「這是喜歡和食的小學妹做的味噌湯，當然要喝喝看。」

「……這樣啊。」

我望向面前的味噌湯。

容器和平時一樣，就是我們家裝味噌湯的碗。湯的色澤也差不多，湯裡有海帶芽和豆腐。可說是正宗的味噌湯。

再仔細看，味噌的顏色比我平常喝的淡了一些。可能是誤差吧。

我將碗貼到嘴唇上。

小學妹坐在我對面，緊張地吞口水。我喝了一口味噌湯。

嗯，就是味噌湯。我鬆了口氣。

這碗味噌湯和我平常喝的不太一樣，但高湯滋味濃郁，海帶芽也很滑嫩。

我不發一語，用力點了點頭後，閉上眼睛。

這才是味噌湯。

「呃，學長？」

小學妹盯著沉浸在幸福中的我。

「你覺得怎麼樣？」

看著她不安搖曳的眼神，我才發現她在等我說感想。

「嗯——只說『好喝』好像太老套了。」

「是很老套。」

唔唔，我嘗試用拙劣的詞彙能力描述這種感覺。

「這味道滿令人安心的。」

「安心？」

「就是字面上的意思。讓人很放鬆，或者說心裡暖暖的。」

「是……是喔……」

她別過視線。怎麼了？是在害羞嗎？

我沒膽要她「每天煮味噌湯給我喝」，真的沒膽。

「下次有機會再煮給我喝吧。」

「咦～」

「妳好像很不滿。」

「下次換學長煮給我喝。」

「我不太會做菜耶。」

「那我們一起做。」

「……也是可以。」

「說好嘍？」

我們之間的約定又多了一個。

第37天「學長都在哪裡吃午餐？」

「放晴了呢～」

「放晴了。」

昨天下了場毛毛雨，傳說是因為天皇即位，搬動天叢雲劍的緣故。今天則是涼爽的秋日晴天，我在晴空下和學長打了聲招呼。

「這樣中午就不用猶豫要不要帶傘了。」

我們高中的校舍和餐廳、福利社所在的建築物並非同一棟，中間也沒有屋頂連接。也就是說，下雨天買午餐時，就得決定是要帶傘，還是要淋雨走一小段路。

說起來，學長午餐都吃什麼呢？昨天聊了早餐話題，今天就問他這題吧。

「啊，『今日一問』。**學長都在哪裡吃午餐？**」

「教室。」

他立刻回答。

「和誰一起吃？」

「呃，我一個人。」

「咦？」

這個答案也算是在意料之中。

「去福利社買嗎？」

「帶便當啦，去福利社太麻煩了。」

「學長會自己做便當？」

「我媽做的啦，我滿感謝她的。」

對了，學長昨天說過他「不會做菜」。

＃　＃　＃

以前我們很少過問對方在學校的生活，因此這種問題聽來特別新鮮。

「我也要問『今日一問』，**妳午餐都怎麼解決？**」

「我午餐都在餐廳吃，因為很便宜。」

學生餐廳位於校舍隔壁的建築內。便宜、快速、味道尚可，可謂學生的好夥伴。

「我還以為妳會選個可以拍網美照的地方吃飯呢。」

「如果連平日也忙著拍網美照也太累人了。」

隨便啦……不過這麼說來，她假日就會拍嘍？

「學長，你知道嗎？餐廳可以帶外食喔，今天一起吃午餐吧。」

咦，在學生餐廳和小一屆的漂亮學妹單獨吃飯？

如果只是吃頓飯，又不會被人看見的話，倒沒什麼問題。可是餐廳裡一定有超多學生……

「呃……」

「這有什麼好猶豫的！」

「因為對象是妳啊。」

「咦？」

「現在沒人在看所以沒差，但學生餐廳裡有很多認識我們的人，這樣之後跟別人解釋起來很麻煩。」

如果我和女生一對一開心吃飯，一定會被投以異樣眼光，我才不要。而且我又是學生會長……

「那我邀朋友——小霞一起來好了。這樣就沒問題了吧？說好嘍。」

「咦！」

「你要是沒來，我就去教室找你。」

小學妹接著說：「勸你還是做好心理準備。」

我的班級也被她問到了——現在不只在校外，連在校內我也開始和她扯上關係。她指的就是這方面的心理準備吧。

唉……

第38天 「學長到底有多不會做菜？」

「學長早安。」

「早安。」

我已經習慣在早晨的月台和小學妹互道早安，應該說不小心就習慣了。

昨天我們終究一起吃了午餐。對，是她把我拖到餐廳的。我太在意旁人的眼光，有點食不知味。

該不會之後都要一起吃午餐吧？

……我打起精神，和小學妹聊天。

抱怨歸抱怨，我還是很喜歡早上這段時光。而且四周也沒有櫻明的人。

「明天就是運動會，學長不用準備嗎？」

「重要工作好像都做完了，我只要在開場時發表五秒的演說就好。」

「那不是演說，是喊叫吧……」

可惜她說得沒錯，畢竟那只是種儀式而已。

「開場很快就結束了，所以沒差。」

「比賽的部分……你參加的是借物競走對吧？」

唉……我本來不願想起這件事的……

當時不知道是誰說「運動會是學生會主辦的，學生會長就該負起責任參加借物競走」，其他人也跟著起鬨。他們平常明明不怎麼團結，唯獨在這種時候幾乎全會一致通過拱我出去。

我才不想參加那種混亂的比賽，誰知道會抽到什麼題目？像我這種人待在操場角落拔河就夠了。

「這麼不情願？不是只要借了東西全力衝刺就好嗎？」

「還要培養好的籤運啊……」

我偶爾心血來潮會在便利商店抽一番賞，現在為了不浪費運氣，我都忍住不抽。如果沒有這樣的決心，比賽當天肯定會倒大楣。

「而且到時候是所有班級代表一起出發。」

「一、二、三年級都是嗎？」

「對，所有人一起抽籤。」

「唔哇……」

負責現場轉播的人也很辛苦，必須瞬間挑出最有趣的題目並大喊出來。播報員加油啦。

「不過這樣我就能跟學長一起出發了。」

「那又怎樣？」

「可以跟學長直接對決。」

「所以呢？」

「所以我們再來玩一次吧，『贏的人就能命令輸的人任何事』第二彈。」

「又來？」

「有什麼關係嘛。」

我們雖然每天會問對方一個問題，卻沒有針對要求或請託訂立規則。

再說，她這麼處心積慮想得到提出「要求」的權利，到底是想要我做什麼？好可怕。

「……真拿妳沒辦法。」

這麼回答不太好，但要是拒絕的話之後會更麻煩。

「說好嘍。」

不小心就這麼定了。

按照去年的經驗——借物競走中最初抽的那支籤就決定了一切，甚至可說連名次都取決於抽中的題目。

第38天

「學長到底有多不會做菜？」

我只能在明天前多積點德，祈求抽中容易執行的題目。

我要加油。

＊＊＊

我成功詐取到向學長提出要求的權利，希望這次是我獲勝。

「對了，『今日一問』。」

前天的話題中有件令我好奇的事。

「學長到底有多不會做菜？」

「嗯……」

學長用手抵著下巴，沉思了三秒。

「如果分成『會做菜』和『不會做菜』兩邊，我應該屬於會做菜那邊。但若妳問我『會做菜嗎』，我的回答是不會。」

「什麼……」

我好像有點明白，但老實說還是聽不太懂。

只好一個一個問了。

「你會泡泡麵嗎？」

「泡麵只要加熱水就行了啊。」

看來他一個人生活也不會餓死，我再想想。

「你會煮飯嗎？」

「洗米加水，再按下按鈕就行啦。」

他用「洗」這個字讓我覺得有些不妙……但姑且及格。

「你的拿手好菜是什麼？」

「我做菜還不到拿手的程度，也沒有擅長的領域，只會最基本的東西。」

換個方式問好了。

「你會做哪些菜？做過哪些菜？」

「荷包蛋、炒飯之類的。」

「……所以你會打蛋嘍？」

「別小看我，我當然會。」

我挑釁了他一下。

「告訴你，我可會單手打蛋呢。」

學長一臉氣呼呼的，卻什麼話也說不出來，太有趣了。

第38天
「學長到底有多不會做菜？」

＃＃＃

「說到荷包蛋……」

剛才在聊我會做的菜，我忽然想到「荷包蛋要加什麼」的論戰。

「『今日一問』，**小學妹吃荷包蛋時都加什麼？**」

「醬油啊。」

「啥？」

我們的意見分歧了。

「該加鹽吧？荷包蛋就該加鹽。」

「不，該加醬油。」

妳想吵架嗎！

「首先，荷包蛋這種料理應該是從西方傳來的吧？英文中不是有『sunny side up（單面煎）』、『turn over（雙面煎）』之類的單字嗎？所以調味料根本不該用亞洲才有的『soy sauce』（笑），該用自古以來就有的鹽或胡椒才對。」

「不，你錯了。日本本來就會將他國料理按照自身環境，改良成一道新的料理。拉麵就是最好的例子，馬鈴薯燉肉也是由紅酒燉牛肉改良而來。」

「是喔……」

「沒錯。所以在荷包蛋上淋醬油，就是改良成日本口味的第一步，沒什麼好奇怪的。身為一個日本人，如果真心喜歡醬油，吃荷包蛋時就只會加醬油，根本不會加其他醬料。」

「可是我是鹽派的……」

「唯一支持醬油。」

「鹽。」

「醬油（shouyu）。」

「油淋雞（yuurinchii）。」

「巧克力（chokoreto）。」

「豆腐（tofu）。」

「水果聖代（furuutsupafe）。」

「代……代……代唉……」

我一時之間想不到代開頭的詞，只好發出裝傻的聲音蒙混過去。我這低沉的男性嗓音聽起來一點都不可愛。

「怎麼突然變文字接龍了？」

「妳真的很喜歡甜食耶。」

「什麼？」

「又巧克力又聖代的。」

「啊！」

她好像真的沒發現自己說的都是甜食，難為情地低下頭。這也沒什麼好害羞的吧？

「總、總之！荷包蛋就是要加醬油！」

她還在堅持這點……

「鹽派也不會讓步。」

「唔……那學長，我們就給對方試吃，來一決高下吧。」

「什麼？」

「明天是運動會，餐廳沒開，大家都要帶便當。」

「原來如此……」

「我想藉此來場意志力的較勁。」

「……好啊，樂意奉陪。」

回家後要跟我媽講一下，明天的便當裡記得加荷包蛋。

第39天 「學長喜歡雨嗎？」

「下雨了呢。」

小學妹今天說的第一句話和前天完全相反。

她說的沒錯。運動會原定於今天十月二十五日舉行，卻因為下雨而順延到明天。天空中烏雲密布，靜靜地下著冷雨。

「對啊。」

小學妹甩了甩傘上的水滴說：

「運動會順延了。」

「延到明天。」

我剛剛看過天氣預報，明天不會下雨，運動會應該能順利舉行。

「會舉行吧？」

……她明明該對此感到遺憾才對。而且我們高中的操場是人工草皮，排水功能很好。光想到要參加借物競走就很憂鬱。

「會吧……」

不知是她感染到我的情緒，還是單純因為下雨的關係，列車進站前我們都不發一語。

＊＊＊

我站在電車上的老位置，面對著窗戶。

窗戶外側不斷有雨滴滑落，內側則因溫差而冒出水珠。我用指尖擦了擦，窗戶隨即變得透明，映出我身後的學長。

「『今日一問』，**學長喜歡雨嗎？**」

「雨啊……」

學長也瞄了眼窗外。

「我不討厭雨，比較討厭變冷。」

「今天超冷的。」

我還認真思考了一下要不要穿外套出門。不過今天幾乎都待在室內，我就沒穿了。

「天氣一冷，就很難從被窩裡爬出來。」

這個人真是的。

「學長，你真的很喜歡睡覺呢。」

「沒有任何一個人類討厭睡覺吧？」

「失眠的人呢？」

「他們是『想睡卻睡不著』吧？但我沒失眠過，所以不清楚。」

「我也不懂。」

不過我冬天有時會因為腳趾太冰而有點難入睡。

「**那小學妹呢？妳喜歡雨嗎？**這是『今日一問』。」

雖然是我先問學長的，但我還沒想過這個問題。

雨、雨……

我想起不知何時聽過的一句話。

「雨總會停的……」

我撩起頭髮，稍微壓低聲音說道。

「那是某個跟船有關的遊戲吧？」

我記得哥哥給我看過那個遊戲，原來那和船有關。

「嗯～我不知道耶。」

「什麼？」

「下雨天在狹窄的室內上體育課確實滿討厭的，但我並不討厭雨。」

咦，我的回答好像和學長一樣。

「下雨很重要，而且雨天的氣氛也很不錯。」

「這我不懂。」

「總之我不討厭雨本身。」

「那不就和我一樣嗎？別抄我的答案。」

我才沒抄。

只是回過神來，才發現我們的答案一樣。

# # #

「對了學長，你要吃糖（ame）嗎？」

「我討厭糖。」

發音都一樣，但這兩個是不同東西吧？

這個話題自然結束了，也沒必要勉強聊下去，我便從書包裡拿出昨天買的新書。

拿出書後，我才想到。

其實我本來很討厭下雨，若是一個月前的我，一定能立刻說出討厭下雨的原因。如今我卻直到拿出書才想到。

看來我連這點也被小學妹影響了。

「我想起來了。」

這可能是我第一次重啟停下的對話。

滑起手機的小學妹嚇了一跳，一臉驚訝地看著我。別那樣盯著我看，我會害羞啦。

「我本來很討厭下雨。」

「什麼？你剛剛不是說不討厭嗎？」

「我說錯了。」

「你這樣犯規吧？」

「但我剛才說的也是真話，因為我完全忘了我的書。」

真的是一不小心就將書忘得一乾二淨。

在和小學妹聊天的過程中，不知為何我完全忘記不耐雨淋的紙本書。

「書？和雨有什麼關係？」

「大有關係。我不是會在月台看書嗎？還會拿著書上電車。」

小學妹露出不解的表情。

「小車站的月台屋簷很窄，書很容易被滴到。」

「被雨滴到嗎？」

「對，被雨滴到。」

「這很正常吧？」

「我不想讓書被滴到啊。」

她眨了幾下眼睛，長長的睫毛上下擺動。

「咦，等一下。那是一瞬間的事耶？就算被滴到，也只有幾滴吧？」

「是沒錯。」

「而且很快就乾了啊，電車上這麼溫暖。」

嗯嗯嗯……

「不是這個問題……這不是重點……」

「我明白學長很重視自己的書。」

小學妹一臉不耐煩地說。

「可是你若不想把書弄溼，收進書包不就好了？」

「有時候劇情正精采，不想把書闔上啊！」

「你這個人真麻煩，乾脆不要看書好了。」

「我搭電車時都會看書。」

「現在呢？現在不也在電車上嗎？」

小學妹露出壞笑。

「因為有人奪走了我上學途中的安寧。」

我的讀書量最近也因此減少。

「是誰呢？」

「就是妳！」

「我知道，可是這次是學長主動向我搭話呢。」

小學妹拿著手機晃了晃，表示自己剛才在看手機。

啊，糟糕。

「是『你』想找我說話吧？」

這個問法正中要害，這樣我就沒辦法否認了。

「是沒錯。」

「對吧？」

「……對。」

我又輸了。

而且就在我們爭論不休時，電車到站了。我的讀書時間……

真是糟透了。

順帶一提——後來的荷包蛋調味推廣大賽（參賽者兩名），我也輸給了她。

真是不幸的一天。

第40天 「你為什麼沒問『問題』呢？」

十月二十六日。

一年一度的運動會來了，雖然順延了一天。

昨天下過雨後，今天就沒下了，運動會應該能順利舉行。

去年我只是名參賽者，可以悠哉地去學校。今年我身為學生會長有項重大的任務。說是重大，其實也只是上台喊一句話而已。學生會正在為比賽做準備，我也得幫忙做些體力活。都到比賽當天了，學生會長也得出動。不過今天負責指揮的不是我，而是運動會籌備小組。

因此我比平時更早搭上電車，前往學校。我久違地多看了點書。

maharun♪：學長！你為什麼不在月台？？

maharun♪：你發燒了嗎？

maharun♪：你還活著嗎？

maharun♪：學長～！

走去學校的路上，我發現小學妹傳LINE給我。對了，我好像沒跟她說我要提早到校。

Keita：我要為運動會做準備

Keita：所以提早去學校

maharun♪：這種事你要早點說啊

我沒義務告訴她——我在心中為自己找了這麼個藉口。

然後我無視小學妹的訊息，穿過學校的後門。

我和場布的人一起搭帳篷、擺三角錐，一轉眼就來到開幕時刻。全校學生在十月不強不弱的和煦陽光之下，迎接這場運動會。

而我則坐在舞台後方的帳篷中，等一下要以學生會長的身分上台致詞。我有多久沒像這樣認真工作了？算了，還是別想了。

全校學生來到操場集合，聆聽校長致詞。

致詞內容依舊冗長，簡而言之就是「今天是運動會，好好享受，別受傷了，玩得開心，爺爺我會待在室內欣賞」，就這樣。

有些學生厲害到能站著睡覺。我致詞完運動會就要開始了，再撐三十秒。

「接下來是學生會長的開幕致詞，有請井口會長。」

我從椅子上起身，走到台上。

二三年級的學生已明白是怎麼回事，全都用期待的眼神看著我。三年級有一些排在後方的同學甚至已經開始走向班級休息區。也太會偷跑了吧？

我看向一年級，有很多不耐煩而大打呵欠的學生。不知為何，我和最前排的小學妹對上了眼。

我打開麥克風開關，從架子取下，拿著湊近嘴邊。

接著我深吸口氣，像要發出回聲般大喊了一句話。

「明天放假——！」

二三年級像是等很久似的歡聲雷動。

我微微鞠躬後走下台，一年級才理解狀況，開始歡呼。

「謝謝井口學生會長。二〇一九年度運動會正式開始。」

不是我在胡鬧，歷代學生會長上台致詞時好像都只會講這句話。這是我們學校的傳統。雖然不知是從何時開始的，但我覺得這樣的行為很有搖滾風格。

今年的運動會隔天是星期日，本來就放假，但若隔天是平日也會補假一天。這是一句盡情歌頌運動會和補假的靈魂吶喊。

而且——說完這句話，我早上的工作就結束了。該回帳篷了。

比賽從一百公尺賽跑開始，接著是接力、拔河、紅白球投籃等項目逐項進行。每班分屬紅隊或白隊，最後計算是紅隊還是白隊獲勝，可說是一場悠閒且和平的運動會。

轉眼間就到了下午（我一直窩在學生會專屬區域，避開小學妹的騷擾），下午的比賽也一項項結束，眼看借物競走就要開始。

我們櫻明高中的借物競走有項特別之處，就是可以跑出校門。受不了，又不是馬拉松。為什麼可以跑出校門呢？——因為眾多題目中，有些題目必須往車站跑，向附近的店家將物品「借」回來。何苦這樣為難參賽者？所幸附近店家都知道這一年一度的盛事，只要看到穿運動服的學生都願意把東西借給我們。

話雖如此……

然而學生們構思題目時都坐在教室裡。所以題目大多是教室中實際出現，或能聯想到的事物。我利用學生會長的權限偷看去年抽籤箱中沒被抽中的題目後，證實了這一點。

因此，我事先將一堆可以攜帶的小東西（除了自動鉛筆、原子筆外，還有劍玉、魔術方塊、竹蜻蜓等等）塞進書包，扛來學校。不過——這些是我自己的東西，稱不上「借」。

「出塚，這個書包我暫時轉讓給你。」

「啥？」

我將書包交給班上（大概）和我關係最好的出塚。

「只是暫時轉讓。」

「暫時轉讓不就是出借嗎？」

「你就當作是轉讓吧。」

我必須和他說清楚這是轉讓，暫時將所有權交付給他。真麻煩。

「運動會結束後，我再跟你要回來。條件是——如果我想跟你借書包裡的東西，請你借給我。不，你一定要借給我。」

「原來是為了借物競走準備的啊。」

「沒錯。」

還好他明白我的意思。

「裡面的東西我可以借給別人嗎？」

「那是你的自由，拜託你嘍。」

「好喔。是什麼讓你這麼想贏？——該不會是米山學妹吧？」

「少囉嗦。」

「看來我猜中了，加油啦。」

他露出一個表情符號般的燦爛笑容。是在挑釁嗎？

＊＊＊

下午的比賽來到尾聲，我所參加的項目即將開始。

我走向集合地點。一至三年級各班派出的選手陸續報到，學長也在其中。今天我和他搭不同車上學，學生會長致詞時，我們也只稍微對到眼而已。

「學長～」

我悄悄地走到他身邊，以旁人聽不見的音量向他搭話。

「哇！妳來啦……我不會輸給妳的。」

「這是我要說的話。」

我們都不想輸給對方，那就各自加油吧。

「參加運動會的奇葩比賽『借物競走』的選手，請聽這邊～」

十班乘以三個年級，共計三十個人似乎都已到齊。一個戴著臂章的人拿起揚聲器，向我們講解規則。

嗯……我們待會兒要從跑道上的起跑線出發，跑半圈後就會看到抽籤箱，每個人抽兩道題目。抽完之後就能自由活動，限時十五分鐘。

「若想走出校門也沒問題～我們已經和站前商店街的店家溝通過，請各位好好利用。」

咦？校外？……我竟然參加了一項這麼麻煩的比賽。

不過學長也得遵守這些麻煩規定。我借東西的交涉能力應該比他強，總之趕緊借到東西，搶在他之前跑到終點就好。

「終點在那一頭的大會帳篷中。我們會在轉播的同時，確認各位的題目與借來的物品。請保管好寫有題目的紙條。」

# # #

聽完規則後，比賽終於要開始了。

我絕對不會輸。不只這樣，我還要奪冠。奪冠的關鍵就在於抽籤。只要我抽的兩道題目都是書包裡有的東西，我就離冠軍不遠了。

「各就各位……預備……」

若只比跑步，我一定贏不過運動社團的人，索性就跑在隊伍中間繞了跑道半圈……跑完我已經累了。

抽籤箱共有五個，反正每個都差不多……我將手伸了進去……抽出題目。

第一題，「沒削過的鉛筆」。

Bingo！我書包的鉛筆盒裡就有這東西。果然有文具，被我猜中了。最近大家都用自動鉛筆，出題者肯定是因為這樣才故意出鉛筆。萬一我沒帶鉛筆，搞不好還得跑到站前的文具店去借。我太幸運了。

第二題。

是什麼？

「最親近的異性」。

唔……

最親近的異性？

咦……

這裡指的親近是什麼？

唉……

可以理解成「最常聊天的異性」嗎？嗯……

我自然而然瞄向將手伸進抽籤箱的她。

＊＊＊

我慌慌張張地跑到抽籤箱前抽出題目。還好不是最後一名。

來看看題目是什麼。

第一題是……「包著書套的文庫書（紙書套不可）」。這題目訂得真細。學長平常都用布書套包書，他今天應該也有帶吧。他的東西在哪裡呢？我偷偷借走再還他好像也行……

先看一下第二題好了。

好，看完了。

這個嘛……嗯……該怎麼說。

總之逮住學長應該就行了，不過問題是對方也是選手。

那麼他在哪兒呢？

我四處張望，隔了幾小時再度和學長四目相交。

＃＃＃

第40天
「你為什麼沒問『問題』呢？」

「學長！」

我還以為小學妹發現我在看她，但好像不是這麼回事。

「學長，你今天有帶文庫書嗎？」

「今天是二十六號，ＭＦ文庫Ｊ剛發行，我當然有帶在身上。」

「有包書套嗎？深藍色的那個。」

「嗯。」

我一說完，小學妹便給我看她手中的紙條。原來她需要書套啊。

「請借給我！」

「我不要，這樣妳不就更有勝算了嗎？」

我下意識回答完才發現一件事。

不管怎樣，我都要帶她到終點才算達成任務。不如早點把雜事辦完，好讓她能跟我走。

「……容我修正一下。好，我借妳。但妳也要把自己借給我。」

「什麼？」

「我的題目是妳。」

「什麼意思？」

她一臉「你在說什麼？」的表情。

……我不想讓她看到我的題目，拿著摺起來的紙條在她面前晃了晃。

「上面寫著異性的學弟妹。」

「是喔……」

她想了一下。

「等我完成任務再說。」

「這樣我就不借妳書套了。像我一樣愛用文庫書套的人可不多喔。」

「唔……」

我倆都握有對方的過關要件。這種狀況好像叫囚徒困境吧？總之很像談論賽局理論時會舉的例子。

「好，我知道了。先去拿我的文庫書，之後再慢慢談。搶到前幾名還是最重要的。」

「說得也是。」

我們一同跑向二年G班的休息區。

＊＊＊

「出塚——！」

學長找的是一個我也認識的人，我記得他好像是美術社的學長。

「中了嗎？」

「中了。呃，我要跟你『借』鉛筆盒裡沒削過的鉛筆，還有收在上層那本包著書套的文庫書。」

「真的假的？兩題都中了？那你可以奪冠了吧？」

周圍其他選手都在到處詢問「有沒有人帶〇〇」，我們則是直接來拿需要的東西，占盡了優勢。

「給你，加油。」

學長接過書和鉛筆，這樣我需要的東西就湊齊了……不過那些東西並不在我手上。而學長需要的東西也湊齊了。如果學長說的是真的，他的題目就是鉛筆和學妹（我）。我還沒拿到書，若就這樣被他帶到終點，就只有他能過關。我若想過關，還必須「借用」學長。

……最好的解套方式，就是兩人同時過關。

回到操場中央時，我試著向學長提議。

「我明白了，我會乖乖跟著你走，請你立刻把文庫書連同書套交給我。」

「嗯？我是沒差……妳ＯＫ嗎？」

「ＯＫ。」

學長好像有點錯愕……這樣正好。我還沒放棄呢。

我一接過文庫書，學長就緊緊抓住我的手腕。

我也不甘示弱地抓住他的手腕。可能因為剛跑完步，我能感受到他皮膚底下有股脈動。

「什麼？」

「讓我們衝向終點吧，學長。」

＃　＃　＃

我們一手抓著對方的手腕，另一隻手拿著鉛筆和文庫書，衝破了終點線。

規則中並沒有說兩人同時抵達終點時該怎麼辦。

只有「幾乎」同時抵達時的判定方式，也就是身體某部位先碰到終點線的那方獲勝。如果這條規則適用，抵達前伸手觸碰終點線的小學妹就贏了。

然而這場比賽可沒那麼簡單。小學妹是我的「題目」，是我借來的東西，可以看成我的一部分；反之亦然，我也是小學妹的一部分……這麼說聽起來怪怪的，但事實真的是這樣。

裁判先不論斷我們的名次，開始確認我們借來的東西。

雙方的第一題分別是鉛筆和文庫書，這沒問題。

不過第二題問題可就大了，我的謊言要被拆穿了。

「二年G班井口同學的第二題是……鏘鏘！『最親近的異性』！」

啊，被發現了。播報員毫無顧忌地唸出我的題目……

「井口同學，這位是？」

「她是我學妹。我們都搭濱急線的電車上學，常常遇到，所以我就借她過來了。」

再說下去可能會露餡。

小學妹露出「你怎麼說謊」的眼神瞪著我。

「原來如此、原來如此……！我很想深入訪問井口同學的心意，礙於時間關係，下次有機會再說吧。」

太好了，不過同班同學可能會纏著我問東問西。

所幸出塚已經知道這件事了，我應該不會受到太多質問。

「接下來是一年A班米山同學的第二題……鏘鏘！哇喔！竟然是『在意的人』！米山同學的題目是『在意的人』！」

「是的。」

喂，妳在搞什麼？為什麼這種題目要找我？

妳要怎麼自圓其說？

「米山同學，這是？」

「就是……字面上的意思。我很在意他，就這樣。」

小學妹的反應意外冷靜，播報員似乎覺得有點沒趣，太好了。

「這樣啊，兩位的關係真讓人好奇，但第三位選手抵達終點了，必須趕緊決定名次。方法當然就是……」

就是？

「猜拳！」

又是猜拳？說到猜拳，我和小學妹有一段不好的回憶。那次是我太衝動，以為自己勝券在握，卻被她的回馬槍給整了。

我們倆在轉播席面對面。

看來小學妹並不打算多說什麼。她垂下右肩，身體斜向一邊。

然後——

「剪刀、石頭、布！」

我出的是石頭，而小學妹出的是布。

我輸了。

＊＊＊

我透過猜拳，獲得了借物競走的冠軍。

同時我也贏過學長，順利取得向他提出要求的權利。

「對了，『今日一問』。」

天色逐漸變暗，我在回程的電車上向學長提問。

說起來，這好像是我們第一次一起離開學校。

「猜拳的時候，**你為什麼沒問『問題』呢？**」

學長闔上包著深藍色書套的文庫書，望向窗外。

「為什麼呢……」

接著他轉向我。

「我偶爾也想試試手氣啊。」

「什麼意思？」

「上次我贏過妳，向妳提出要求。這次我想賭賭看二分之一的機率。」

學長哈哈笑了兩聲後，繼續說道：

「『今日一問』，**那妳為什麼不問我會出什麼？**」

「我也一樣，覺得這麼做不太公平。」

「哦？」

我嘿嘿笑了一下，補充道：

「而且，我當時也感覺到學長沒有要問我。」

「什麼嘛。」

學長伸了個大大的懶腰。

第41天 「你沒生氣嗎？」

「啊，我想和你談一下明天的事。」

昨天運動會結束後，回家路上。

我們正準備在八丁畑站下車時，小學妹忽然想到這件事，開口說道。

「明天請你來我家，我會告訴你地址。」

她露出調皮的笑容，看起來得意洋洋。

「啥？」

「我打算在家裡幫你盛大慶生，你要好好感謝我喔。」

「在妳家？」

「從你家走路就能到。」

重點不是這個。

不過她好心要幫我慶生，我還是別胡思亂想好了。

好緊張喔。

＃　＃　＃

我等到換日、滿十七歲後才上床睡覺。

十七歲還沒成年，也還得不到選舉權，所以我不怎麼感動，只覺得更接近大人一點。

隔天一早醒來，我收到了LINE。

maharun♪：學長早安♪

maharun♪：還有生日快樂

maharun♪：麻煩你中午過來，我家在這裡

maharun♪：［傳送螢幕擷圖］

她傳了張地圖APP的擷圖過來，做事真周到。

她家和我家剛好是在車站的兩端，慢慢走過去大概要二十分鐘，騎腳踏車會快一點。既然她要我中午再過去，那我就慢慢來吧。

＊　＊　＊

Keita：了解，謝啦

學長好像很久沒向我道謝了，我下意識拍了張螢幕擷圖，直到聽見喀嚓聲才回過神來。

要做什麼中華料理呢？我打算做之前聊到的糖醋肉、經典甜點杏仁豆腐。可是餐後還要吃蛋糕，兩個人應該吃不了那麼多……我因而煩惱了半天。

還是順其自然好了。今天是學長的慶生會，最重要的是心意，而不是表面工夫。不過我也會在料理外觀上下點工夫。

大致快做完時，我家的對講機響了。我們剛才沒有約好確切時間，但學長來得正好。

「你好，我是真春的朋友……」

聽學長說些客套話也挺有趣的，但讓他誤會就麻煩了，我趕緊出聲回應。

「好了好了，生日快樂。」

「原來是妳啊。」

「你態度也未免變太快。」

「當然啊。」

「好啦，我這就去幫你開門，等我一下。」

我圍裙都沒脫就走到門口，將上鎖的門打開。學長那張惶恐的臉便出現在我面前。

「怎麼了？」

「呃，我想說妳父母應該也在家。」

「原來是為了這種小事啊。」

「這哪裡是小事……妳來我家時不也帶了伴手禮嗎？」

我跟他說客人才需要準備伴手禮，要他別帶那種東西。

「放心吧，今天只有我在家。」

「……啥？」

我無視學長呆愣的表情，逕自走向餐廳。

＃　＃　＃

拜託。

別再嚇我了，害得我心驚膽跳，要折壽了。

幹嘛突然露出一抹微笑，然後說「只有我在家」？我又不是她男友，她邀我進家門時不該說這種話吧？這不是對親密的人說的話嗎？

那件深藍色圍裙（我第二次看到）她好像穿得很習慣，綁在身後的蝴蝶結不知為何有點可愛，腳上還穿著毛絨絨的襪子——我腦中閃過這些念頭。

第41天
「你沒生氣嗎？」

「學長？我不管你了喔。」

「喂，我好歹也是今天慶生會的客人。」

「菜要涼了，你動作快一點。」

「喂……」

不過這才是我熟悉的小學妹。嗯，我放心了。

我跟著她進入屋內，麻油的香氣撲鼻而來。桌上擺著幾道中華料理，還冒著煙，看來真的是剛做好的。我照她說的中午才過來，這個時間似乎剛剛好。

「我如你所願做了些中華料理，還準備了蛋糕。你照自己的食量吃就好，不用勉強。」

「不都說『甜點是另一個胃』嗎？」

「只有女生才是這樣吧。」

「也是。」

就現實層面來說，胃的體積變化不大，吃不吃得下應該只是心情的問題。

「那麼學長，再次祝你生日快樂。」

她在我對面坐下，直直盯著我說出祝福的話。

……這讓我有點害羞。

「嗯，謝謝妳。」

「讓我們開動吧。」

「我要開動了。」

我拿起筷子，開始品嘗小學妹特製的中華套餐。

先吃……糖醋肉好了。我吃了一口裹著麵衣和芡汁的油亮豬肉。

「嗯，好吃！」

芡汁酸甜適中，豬肉也炸得剛剛好。啊～我絕對做不出這樣的料理。蔬菜也切成好入口的大小。

「太好了。我做了很多，你多吃點。」

「對，我剛剛就在想，妳做太多了吧？」

小學妹總共做了五道菜，每道都相當於中華餐館的「一人份」。雖說她也在吃，但這分量還是……

「啊，這是有原因的。學長知道中國人是怎麼待客的嗎？」

「不知道耶。」

「他們認為『食物多到客人吃不完』才是最好的招待方式，桌上有剩餘的食物代表客人『吃飽了』。」

「是喔……」

「所以請你盡量吃，我本來就做得比較多。」

「這樣啊，謝啦。」

「不客氣，畢竟今天的主角是學長嘛。」

——其他菜也都是人間美味。

「乾燒明蝦口感爽脆，很好吃耶。」

「我用了一點乾香菇提味。」

……原來如此。我們用完餐（剩了一點點）後，小學妹端出蛋糕。蛋糕就是買來的了。

那是切成六分之一的鮮奶油草莓蛋糕，她將十七根蠟燭插在蛋糕上，全部點火，問我：

「你能一口氣吹熄吧？」我吹到快死掉。

她竟然還在旁邊喊「加油、加油」，逼我挑戰肺活量的極限。

酒足飯飽後。

我摸著鼓鼓的肚子休息了一下，感覺有點睏。但這裡是別人家，我又不能大剌剌地睡。

我忍著呵欠，喝了口紅茶，想藉由咖啡因消除睡意，這時小學妹拿出一個盒子。

「學長，給你。」

該不會……

「這是我送你的禮物，你回家再拆。」

「我現在拆呢？」

「我會生氣。」

「好吧，我回家再拆。」

我將那個小盒子放在包包旁邊。

「還有另一件事。學長，我可以現在提出『要求』嗎？」

昨天我們在運動會的借物競走中歷經一番死鬥（猜拳），最後是她獲勝，取得「要求對方做任何事」的權利。看來她現在就想用掉。

「可以啊。」

她有權要求我「做任何事」，我不知道自己能不能拒絕她的要求，但還是口頭上同意。

接著小學妹突然一臉認真。我見到那副表情後，睡意一掃而空。

她閉了一下眼睛後，迅速睜開望向我，動了動淡紅色嘴唇：

「請你修改校規。」

原來是這件事。

接下來如果她指定要我修改「第五十一條」，我就無從逃避了。

不知她是否察覺到我這般複雜的心情，還是出於偶然，她繼續說道：

「修改所有你覺得不合理的地方。」

原來如此。

她果然聰明。這樣一來，要改哪一條就是我的自由了。

不，嚴格來說我並不「自由」。她要我修改的是「我認為不合理」的條文，真是狡猾。

這樣我就沒辦法拒絕了。

……不，我打從一開始就無權拒絕。

「……我知道了。」

我想想……關於修改校規，有什麼規定嗎？希望能在我的任期中修改完成。

「我會盡最大的努力，這樣可以嗎？」

「我就知道你不會說『交給我吧』之類的話。」

「抱歉啦。」

「沒關係。可是——我很期待喔。」

＊＊＊

我終於向學長提出了「要求」。

這麼做有點狡猾，但這是我唯一想到的辦法。

我們倆專屬的，微小而盛大的慶生會結束了。

我說今天是學長生日，我要送他回家，便跟著他走出家門。

「那個，我想問你『今日一問』。」

「什麼？」

「**你沒生氣嗎？**」

「幹嘛生氣？」

「今天是你生日，我卻擅自向你提出奇怪的要求。」

「怎麼了？真不像妳。平時自信滿滿的小學妹去哪兒了？」

學長轉頭看我。

「什麼嘛，你在取笑我嗎？」

「對、對，就是這種感覺。」

被他一取笑，我整個人亂了套。暗自煩惱的我像笨蛋一樣。

「我也要問『今日一問』。**小學妹覺得今天如何？**」

「……超棒的，謝謝學長。」

「那就好，我也要謝謝妳。」

第42天 「妳為什麼想要我戴隱眼？」

昨天收到生日禮物後，我遵守約定，回到家才打開。

那個小盒子裡裝著兩樣東西。

一樣是深藍色的眼鏡盒。那是皮革做的，不知是真皮還是合成皮，散發著一股高級感，給我用有點可惜。

另一樣是個以藍色為主調的塑膠盒。上頭以大大的文字寫著「不用手指也能輕鬆配戴、摘取」，裡頭裝著矽膠做的小工具。這是什麼？

我看了一下說明，原來是配戴和摘取隱形眼鏡時用的工具。這東西叫「Meruru」，聽起來很像動漫角色。

她為什麼送我這兩樣禮物呢？我將盒子翻過來，仍沒看到生日卡片之類的東西。

現今人們若想互相聯絡，無論何時何地，只要用LINE就能辦到，不需要特地動手寫信。

反正我們每天都會見面，下次見面再問她好了——不過今天也放假。今天雖然是週一，但因為運動會辦在週六，所以今天補假。

我按照假日慣例，睡到中午過後才伸了個懶腰起床。

我看向手機，果然收到了LINE訊息。

maharun♪：早安，學長

maharun♪：你拆禮物了嗎？

maharun♪：唔……你起床後告訴我

竟敢這樣命令我！不過我剛才確實在睡覺就是了。

Keita：我拆了

Keita：這什麼鬼

maharun♪：你、你起床啦？

maharun♪：那麼……

maharun♪：兩點在平常的車站會合

Keita：啥？

maharun♪：啊，請你戴著隱眼過來

maharun♪：送你禮物就是為了這個

Keita：等一下

……看來我別無選擇。我慢吞吞地準備了一會兒後，出門赴約。

「啊，學長！這裡這裡。」

不用大呼小叫，我早就看到了。她的穿搭依舊搶眼，而且她又長得好看，周圍的人一直在偷瞄她，不知道她有沒有注意到。

她肯定注意到了吧？只是故意無視那些人。

……像我這種膽小鬼就沒辦法這麼落落大方，但她不一樣。

「等很久了嗎？」

「還好。」

所以她還是等了一下子？算了，是她突然找我出來的，這樣就扯平了。

「抱歉。」

「沒關係，重點是你換造型了呢。」

小學妹和我面對面，瞇起眼睛仔細打量我。

「這樣很好看……應該說，眼鏡本來就不適合你。」

我乖乖地用小學妹送的禮物，戴上了隱形眼鏡。那似乎是矽膠做的鑷子，比較沒那麼恐怖，但若是上學前就不太方便，因為用了工具還是一樣難戴。

「謝謝稱讚。」

「學長，以後你週末都戴隱眼好嗎？」

「這樣只有我爸媽會看到。」

「還有我啊。出門時再戴嘛，好不好？」

小學妹還真堅持。這麼想看到我戴隱眼嗎？

「我家的隱眼確實很多……」

她為什麼這麼拚命想說服我呢？

「等一下，『今日一問』。」

「太突然了吧。」

「還好吧。**妳為什麼想要我戴隱眼？**」

＊　＊　＊

他、他、他怎麼突然問這個？

好，好，我要冷靜。我們現在面對著彼此，我不想讓他察覺到我的驚慌，感覺他又要取笑我了。但這是「今日一問」，我必須誠實回答。

唉，真是的。我嘆了口氣。沒辦法了。

「因為這樣比較帥。」

啊……我說了。

「啥？」

學長停頓了五秒，才終於擠出一聲「啥？」。

我瞄了眼學長的臉，只見他別過視線，臉頰有些泛紅——他在害羞。可惜我沒餘力取笑他，因為我也在害羞。

「我指的是相較之下。」

「相較之下？」

「也不是說你平常不帥啦，只是眼鏡不太適合你，或者說你的臉型本來就不適合戴眼鏡，或是說不戴眼鏡比較帥，是還稱不上帥哥，但長相還不錯……就是這樣！」

「喔……」

不小心說太多了，我們頓時陷入沉默。好，冷靜點，重啟話題。

「**學長覺得我送的禮物如何？**『今日一問』。」

……這麼問會不會太咄咄逼人？

# # #

她突然稱讚我「帥」，讓我不知該如何回答，當場愣住。這時她轉換話題，問我對禮物有什麼感想。這個嘛……

「我很開心。」

我「真的」覺得很開心。有收到禮物，我就很開心了。

「妳沒有因為我喜歡書就送我相關的東西，而是設身處地為我挑選禮物……我第一次收到這樣的禮物，很開心。謝謝妳。」

這般誠實的回答可能又會被她取笑。但我告訴自己這是「一問」，本來就要誠實以對，便坦白說出內心想法。

「呵呵呵，開心就好，這樣我的用心就沒有白費了。」

奇怪？她不但沒取笑我，臉上的笑容還比剛才更燦爛。

「我們走吧。」

小學妹笑容滿面地說完，轉身邁開腳步。

「咦？去哪裡？」

「到時候你就知道了。」

又是一場神祕的小旅行！

我們走了一會兒，進到一棟詭異的大樓，搭上搖晃的電梯，空氣中飄散著小學妹洗髮精的香氣……嗯？洗髮精？頭髮？

電梯門叮一聲地打開，眼前出現的果然是美容院。

「那個……」

「費用我出，請把這當作禮物的一部分。」

這不是錢的問題。該怎麼說，這是心情、信念的問題。

我一直相信人不必花錢追求流行時尚，所以進到這種地方總有點不自在。

「這樣我會不好意思。」

「別在意，走吧。」

小學妹不理會愣在原地的我，逕自往裡頭走去。

……不對，她沒有不理我。

她「拉起我的手」，推開美容院的門。

「哦？真春，歡迎光臨。妳不是前陣子才來過嗎？怎麼又來了？」

一個有著蓬鬆銀髮，腰包插著剪刀的男人望向我們。老實說，我不太喜歡這種刻意裝熟的待客口吻。

「今天要剪頭髮的不是我，而是他。」

原本站在她身後的我被她抓著推到了前方。

「哦？男朋友？真春也迎來春天啦？」

不知為何，我無法出聲否認。

「你這樣我要回去嘍。」

「對不起嘛。」

裝熟美容師再度轉向我，盯著我的臉看。太近了、太近了。

「嗨，初次見面。我是真春固定會找的美容師，秦野。」

「你好，我叫井口。」

「井口同學，請多關照。今天打算怎麼剪？」

他是在問我想剪成什麼造型吧？然而我從來沒來過這種店，不知道該說些什麼。

我想了一會兒後，小學妹代替我回答。

「請把這個土氣的男人改造得有型一點。」

「竟然說我土氣，太過分了吧。」

「這是事實。」

不過她說的也沒錯。像我這種「不過分在意外表」的人，在擅長打扮的人眼中確實滿土氣的。

「好的，我明白了。交給哥哥我吧。」

他拍了下我的肩膀，請我坐在椅子上。

「先問一下，你接受染色嗎？」

我有一瞬間還以為他在問我「能否接受領子被頭髮屑弄髒」。他怎麼可能問我這個。

「……維持原本的黑色就好。」

我好歹也是學生會長。

大家總認為「品學兼優的學生」就該是黑髮，我不想刻意挑戰這個印象。

「好的，那我開始剪嘍。」

＊＊＊

大約等了三十分鐘。

學長連頭髮也洗好後，回到座位上。

「嗯，好看。」

他雖然不願染髮，但那厚重毛躁的頭髮光是經過修剪就變得清爽許多，給人的印象也不一樣了。

「妳的感想就這樣嗎？」

「秦野先生，謝謝你。」

我們向美容師道謝後，離開了美容院。

「學長覺得如何？」

「我覺得好像沒什麼變。」

秦野先生用髮蠟將學長的頭髮抓得十分有型，所以他脖子以上還滿帥的。

可惜脖子以下的衣服有點糟糕，怎麼看都覺得平凡無奇。

「下次有機會的話，我們一起去買衣服吧。」

這時剛好有台車子經過，掩蓋了我的低語。

不知道走在我身旁的學長有沒有聽見我說的話。

第43天 「學長都領多少零用錢？」

「學長早安。」

「嗯，早安。」

連假結束的週二。可能因為髮量少了一些，我早上醒來時感覺比較清爽。

「看到你，我就放心了。」

「我不會遲到啦。」

「我不是那個意思。只是覺得，你果然不適合戴眼鏡。」

「煩死了，戴眼鏡又不會怎麼樣。」

「對，是不會怎麼樣。」

「啥？」

喂，一下要我戴隱眼，一下又說戴眼鏡也沒差，到底要我怎樣？

＊＊＊

學長還是戴著眼鏡，打扮得俗俗的就好。

……尤其是上學的時候。嗯，對我來說他越不起眼越好。因為我擔心會有其他人發覺他變帥的潛力。

我和學長站到電車上的老位置（四天來頭一次），開始聊天。

「學長週末（shuumatsu）在做什麼？」

「有沒有空？」

「可以來拯救嗎？……不是啦！」（註：此指輕小說《末日時在做什麼？有沒有空？可以來拯救嗎？》，日文的週末與終末（末日）同音）

「那好像是Sneaker文庫的書……妳竟然知道。」

我是在哥哥的影響下才知道這部作品。聽到學長質疑的語氣，我回以抗議的眼神。

接著學長也望向我，和我四目相交。

電車哐噹搖晃了一下。

我和學長都沒有別過視線。

電車又哐噹搖晃了一下。

我讓雙頰充飽空氣。在學長看來，我的臉頰應該鼓鼓的吧。

忽然傳來轟的一聲，旁邊似乎有其他電車經過。

學長吐出舌頭。

看來他會的鬼臉種類並不多。

不過只要他試圖做出鬼臉，我就心滿意足了。

「噗……！」

「哈哈……！」

我噴笑的同時，學長也笑了出來。

「如果是在比忍笑的話，我們平手。」

學長嘆了一口氣。

「話說，到底為什麼會變成這樣？」

「誰教學長要說奇怪的話。」

「妳也有問題吧，誰教妳要面向我。」

「後來你也面向我，才演變成大眼瞪小眼的狀況。」

「當時是輪到妳接話吧？妳幹嘛不說話？」

「因為你說的話太無聊了。」

「那妳可以無視我，換個話題啊。」

「我無視了啊！」

＃＃＃

我們鬥嘴了整整一個站的時間，雙方才冷靜下來。

車上其他人的眼光讓我有些不自在，但反正我們平常就是這樣。

「可以問你『今日一問』嗎？」

「好，妳問吧。」

「**學長都領多少(ikura)零用錢？**」

哇，這個問題很私人耶。

「很可惜，我沒有領到魚卵(ikura)。」

「我是問你領、多、少、錢。」

「嚇死人了。」

胡鬧的我也有錯。

「……你還是不願回答嗎？那麼——」

「不不，這是『今日一問』，我當然會回答。」

相對地，我等等也會問她這個問題。

「嚴格來說，我爸媽並不會給我零用錢。」

「喔，你們家是那種的。」

「沒錯，我需要什麼東西都會跟我媽說，請她幫我買。非必要的東西就用壓歲錢買。」

「原來如此。」

說到可以自由運用的金錢，國中以下的財力通常和零用錢呈正相關。

然而——財力雄厚的高中生並不是零用錢領得多，而是有在外面打工。我猜是這樣。

「這樣也滿辛苦的。」

「怎麼會？你大部分的消耗品都可以請父母買吧？」

小學妹補充道：「女生才辛苦，要自己負擔化妝品之類的錢。」

「那可不見得。」

她忘了一樣重要的東西。

「我每天都在努力說服爸媽，我想買的書都是我『需要』的書。」

我的閱讀量很大，所以買書對我來說是一項重要課題。

我若想看古典文學，可以上圖書館或青空文庫；但若想看近期出版的書，就只能去書店買。（註：青空文庫為免費的數位圖書館）

書這種東西並不便宜。

以小說為例——文庫本一本大約七百日圓，單行本一本一千五至兩千日圓不等，相當於高中生出去玩一整天的花費。而我一天可以看兩到三本文庫本。

所以我必須向父母爭取補助。只要用花言巧語說服我媽，這是為了學習、為了「未來所需」（需要什麼我也還不確定），我就能不花一毛錢拿到新書。太棒了吧。

「早知道就不問你這個了。」

小學妹對我露出敷衍的眼神，超過分。

「那妳的收支狀況又如何呢？」

啊，忘了說。

「這是『今日一問』。」

「知道啦。我每個月的零用錢是五千日圓。」

「嗯。」

這個金額滿正常的。

……咦？

「然後……」

「等一下、等一下。」

我打斷小學妹的話，提出我的疑問。

「所以妳昨天在美容院，就花了一半以上的零用錢？」

她都說要幫我付了，我也不好自己掏錢，只好默默在一旁看著，印象中她好像付了好幾千塊。

「確實是花了一半以上的『零用錢』。」

「花這麼多錢在不是男友的人身上，沒關係嗎？」

「你這個講法有點怪，但總之我沒關係。」

「可是——」

「你冷靜點，我這就解釋給你聽。你知道我有個哥哥吧？」

「妳不是說他在外地？」

「對，沒想到你還記得。」

我們很久以前聊過這個話題。我記得她哥是個在外地念書的大學生，現在不住在家裡。

「妳哥哥怎麼了？」

「他會匯給我。」

「匯什麼？」

「還能匯什麼？當然是錢啊。」

「為什麼？」

「我不知道，但他會將打工賺到的錢匯大概一半給我。」

「為何？」

「就說我不知道了。」

「是妳拜託他的嗎？」

「我沒有，他一上大學就開始匯錢給我。」

「但妳還是用得很開心。」

「對啊。」

她補了句：「女生花費很多的。」

不過這位哥哥太妹控了吧？竟然把薪水的一半匯給妹妹。

要是他知道我和他妹沒在交往，卻還每天在電車上碰面，有說有笑地一起上學……

我有預感，自己一定會吃不完兜著走。

第44天 「學長，校慶要做什麼？」

「秋天有很多學校活動耶。」

「怎麼突然說這個？」

如常的早晨、如常的電車，小學妹站到老位置後開啟話題。

「前陣子不是才辦過運動會嗎？」

「嗯。」

我傾力挑戰題目古怪的借物競走，在小地方用盡運氣，和這傢伙同時抵達終點，最後用猜拳一決勝負，輸給了她。真是場令人哀傷的運動會。

……至於小學妹的「要求」，我已一點一點著手調查。無論如何校規就是校規，即使是學生會長也不能隨意更改，最終還是需要全校過半數學生的同意。

唉，這該怎麼辦？

「我聽說之後又有校慶。」

「咦？」

第44天
「學長，校慶要做什麼？」

「你怎麼沒告訴我呢？你不是學生會長嗎？」

「就跟妳說自己看行事曆了。」

我們兩週前好像也有類似的對話，當時說的是運動會。

「我找了一下，還是沒找到行事曆。」

「我之後用LINE傳給妳，現在手邊沒有。」

「謝、謝謝學長。」

微妙地沉默了三秒後，小學妹再度開口。

「校慶的事是班上同學告訴我的。」

「嗯，好像是下下……咦，什麼時候？總之是十一月的週末，勤勞感謝日前後。」

「沒想到學長也有這麼隨便的時候……」

她說了句「算了」後，一如往常地提出問題。

「『今日一問』。**學長，校慶要做什麼？**」

「要做什麼？當然要做些什麼啊。」

「我不是那個意思。」

小學妹有點生氣地轉向我。

「好啦好啦，我想想。」

「我沒參加過校慶，那是怎樣的活動？」

「妳考高中前沒參加過嗎？」

「我剛好有事不能參加。」

「好吧。一言以蔽之，就是混亂。」

「混亂？」

「千奇百怪。」

「這麼誇張？」

「脫韁野馬。」

「用這些詞來描述高中的校慶顯然不太正常吧？」

我列舉了一些腦中浮現的詞，被她制止了。

「不不，是真的，妳來就知道了。」

辦成那樣還能招到這麼多學生，我們學校也滿神祕的。

「不對，若真那麼混亂，學長應該好好管一管吧？你不是學生會長嗎？」

「校慶都由校慶執行委員全權處理，不在學生會的管轄範圍內。」

「啊，原來如此，我錯怪你了。」

校執啊……怪人也很多……

「不管怎樣，學校都會記錄當天出缺席狀況，所以我們非得踏入那個怪異空間不可，有夠累人的。」

「咦……這活動真的很不妙嗎？」

「真的很不妙。」

「好可怕。」

「沒事沒事，正常情況下是不會死人的。」

「論及生命危險的校慶……」

被她這麼一說，好像真的滿恐怖的。

「還是有安全區啦，例如學生會的二手市集。」

「哇，學長要辦二手市集啊？」

「我主要負責在銷售報表上簽名。」

「機會難得，你該顧攤吧？」

「我才不要。最近不曉得是誰害得我想看的書都看不完，堆在地板上。」

好想趕快看一看，收進書櫃裡。

「咦，是誰害的呢？」

「就妳啦，還在那邊裝。」

「被你發現啦？」

「妳還有臉說……」

＊＊＊

學長嘆了口氣後，攻守交換。

「是說，**妳校慶當天有什麼行程嗎？**這是『今日一問』。」

「……沒有。」

當我還在猶豫要不要邀他一起逛時，他便逕自說了下去。

「班級活動大多是三年級在辦，主要是為了在考前留下回憶。一年級還不能申辦。」

「原來是這樣……」

「對啊。而社團活動方面……喂，妳不是美術社的嗎？美術社是文化社團耶。」

啊，真的耶。

我是美術社的幽靈社員。上次參加社課是什麼時候？

「說得也是呢，但我不知道要做什麼。」

「最近的年輕人喔，真的是……」

畢竟我早就把社團LINE群組的通知給關了。

我甚至連現在有多少人認真出席社課都不知道，因為我最近一直追著學長跑。

「身為學長，我建議妳至少該參與一次活動企劃。辦活動還滿有趣的。」

「你不是說升上三年級就會辦了嗎？」

請別忘記自己剛才說的話。

「容我修正，至少該參與兩次。」

「學長也會參與兩次嗎？」

「我今年會辦二手市集啊！」

「你剛剛不是說你只負責簽名？」

「好啦，我去問問看能不能邊看書邊顧攤。」

唔嗯。

「邊看書邊顧攤，很有學生會的感覺耶。」

「比較像圖書股長吧？在二手書市集顧攤。」

「嗯，真的很搭耶，然後看的還是攤位上賣的書。」

「沒錯。」

學長停頓了一下後望向我。

「妳看看，我都要辦二手市集了，妳也要參與活動。」

這種說法很狡猾，這樣我就不能拒絕了。

「知道了，我會認真思考這個可能性。」

「妳是政治家嗎？」

「我真的會考慮啦。」

好吧，事已至此……

「學長，我待會兒就去二年G班的教室！」

這時電車剛好抵達日南川站，我揹好書包，走出車門。

「等一下，妳來我們班幹嘛？」

學長慌張地邊說邊追在我後頭。

# # #

她為什麼要來我們教室？太奇怪了吧？

「找你只是順便。」

我再問了一次，然而得到的答案太出乎意料，我不禁發出怪聲。

「啥？」

然後我才恍然大悟。

「……我懂了。」

她不是要找我，而是要找出塚「表明」自己想參加校慶。

「我主要是去找出塚學長啦，你可別誤會嘍。」

「誰會誤會啊，白痴。」

第45天「如果我說我沒帶糖，你要怎麼辦？」

秋意轉濃，天氣逐漸變涼了。

十月在今天結束。

換言之，今天是十月三十一日。

萬聖節。

今天就是小孩恐嚇大人「不給糖就搗蛋」的日子。

小學妹今天比平常更興奮，是在期待萬聖節的活動嗎？

「學長早安！」

她一看到我就小跳步轉身，（裝可愛）揮了揮手，向我打招呼。

「早安。」

「我好興奮喔！」

「為什麼？」

「當然是因為今天是十月最後一天——萬聖節啊。」

「雖然是萬聖節……但這附近也沒什麼過節氣氛。」

「澀谷超熱鬧的。」

「我比較喜歡『超普通萬聖節』，我要扮成飽受學業摧殘的男高中生。」

我擺出一副垂頭喪氣的樣子。

「這樣好無聊。」

「不然要扮成什麼？」

「要扮就要扮『校慶被迫穿上女生制服的男高中生』。」

「呃，女裝？女裝我有點……」

「學長瘦瘦的，一定很適合。」

「那妳就扮成『校慶被迫穿上兔女郎裝的女高中生』。」

「我才不要。」

我們漫無邊際地聊了一陣子後，電車進站了。

＊＊＊

我們一如往常地站到老位置。

「來嘍，學長。」

站定位後，我向學長說：

「Trick or treat！」

「這樣鄭重其事地說出口，感覺好像某種魔法。」

「這是可以獲得糖果的魔法。」

「有道理。給妳。」

「謝謝學長。」

學長從書包裡拿出一個小盒子交給我。好耶！

那是個扁扁的紅色盒子，拆開上半部，裡頭有三小包巧克力。盒子上寫著大大的「KitKat」。不過……

「感覺得出你是急忙去便利商店買的。」

「我對萬聖節的熱情就只有這樣。」

「你是指這熱情的紅色嗎？」

「並不是。」

我唸出盒子背面的文字。

「每份熱量六十四大卡……所以你的熱情相當於一百九十二大卡嗎？」

「也不是啦！」

「好啦好啦。」

＃　＃　＃

「對了，學長。」

「嗯？」

小學妹將一片KitKat塞進嘴裡後，接著說道：

「『今日一問』。**如果我說我沒帶糖，你要怎麼辦？**」

啥？

我有一瞬間聽不懂她在問什麼。

不過，今天是萬聖節。

「就算這樣，我也會對妳說『不給糖就搗蛋』。」

「很可惜，我沒辦法給學長糖果。」

她雖然有我給她的巧克力，但她應該不會把那東西還給我。

「那我只好搗蛋了。」

「學長，我想問的其實是……」

小學妹露出了壞笑。

「你有膽對我搗蛋嗎？」

這臭小子。不對。

這個少女。也不對。

這個賤人。對了！這種時候就是要用這個詞。

「當然有。妳知道我們認識多久了嗎？」

「大概才一個半月。」

一個半月，有人覺得長，有人覺得短。

我也覺得一個半月並不長。若是兩個月前的我，絕對不敢相信我們認識才一個半月就發展成這種關係，也不敢相信自己竟能和可愛的學妹每天一起聊天上學。

就這層意義來說，我的「妳知道我們認識多久了嗎？」這句話似乎搞錯了重點。

「算了。總之快點背對我。」

「這樣嗎？」

我們前陣子才在車上搔過對方的背，當時穿的還是單薄的夏季制服……我才沒想起手指勾到內衣帶的觸感！

正常來說，我今天也該搔她的身體——但這樣太單純了，有點無聊。既然要對她搗蛋，應該做些讓她意想不到的事才對。

這叫差異。

所以我做了個決定。

小學妹背對著我，因為害怕被搔癢而繃住身體。我從後方一鼓作氣地抱住她。

我媽說這個姿勢在他們那個年代叫「愛情白皮書抱法」。

「呃，學長？」

小學妹在我懷裡手足無措，我壓低嗓音，在她耳邊低語：

「別動，我可愛的小貓咪。」

一定是這股氣氛讓我迷失了自己。我之後回想起這件事應該會羞憤到在床上打滾吧。

我的自殺式攻擊似乎對小學妹很有用。

「誰是小貓咪啊……」

小學妹抱怨歸抱怨，但她不再掙扎，乖乖讓我抱著。

她個頭比我小，身上散發著一股香氣，而且很溫暖。

我恍神了一會兒。

「學長？學長！放開我，要下車了。」

我被她搖了搖，恍惚的意識才恢復正常。

電車抵達學校附近的車站，我們連忙下車。

走出剪票口，前往學校的路上，我向小學妹提問。

「呃，『今日一問』。**妳明知會變成這樣，為什麼要問那種問題？**」

「我沒想到你會做到這個地步……」

「抱歉，太過分了嗎？」

我開始感到愧疚，正想向她鄭重道歉時。

「沒關係。我知道學長一定會做些有趣的事。」

她又說：「給你個糖果當獎品。」

說完就將一片KitKat塞進我嘴裡。

嚐起來又脆又甜。

第46天　「你覺得我的冬季制服怎麼樣？」

萬聖節順利（？）結束，從今天起進入十一月。

今天日本各地應該都會出現這樣的對話：「今年只剩兩個月了。」「咦，太快了吧～」

「感覺新年才剛過呢。」

「睦月、如月……」

我哼著月份的別名，腦中浮現同名角色身穿水手服或幼兒園制服的模樣。

「長月、神無月……霜月。」

「你是要說霜降嗎？」

「才不是。」

這什麼諧音哏？也太粗糙。

「霜月是舊曆十一月對吧？這我當然知道。」

「沒錯，就是十一月。」

「已經十一月了啊。」

「對啊，今年只剩……」

再說下去，就會變成我剛才想像的對話。這樣太無聊，還是改一下好了。

「咳哼，只剩六十一天。」

六十一感覺就像個質數。它不能被十一、十三、十七、十九整除，一定是質數。六十一乘六等於三百六十六，今年若是閏年，一年剛好還剩六分之一。

「其中有幾天要去學校？」

「寒假好像從十二月二十一還是二十二開始。離寒假還久得很呢。」

……啊，小學妹的生日就在放假前幾天，可能會跟期末考衝到。我待會兒再確認一下行事曆好了。

＊＊＊

「對了，學長。」

搭上電車前，學長完全沒提及我在意的事。

他一定有注意到。他自己也換了，不可能沒注意到。

「啥？」

「你沒發現我有哪裡不一樣嗎？」

「好啦好啦，可愛可愛。」

「不、不是啦。」

他突然說我可愛讓我有點驚訝，但我要說的不是這個。

「唉，『今日一問』。」

這個季節天氣逐漸轉涼，櫻明高中也選在十一月一日這天全校換穿冬季制服。十月仍有幾天炎熱的日子，所以我覺得選在這個時間換季還滿不錯的。

當然，我也不例外。

「**你覺得我的冬季制服怎麼樣？**」

我站在老位置，在學長面前轉了一圈。

「什麼怎麼樣？」

「我問你適不適合、可不可愛。」

＃　＃　＃

我感覺到小學妹拚命想要我稱讚她。她的確很可愛也很會打扮，和這身制服很相襯。

她的裙子仍是格紋圖樣，布料可能有變厚一些，但從外觀看不出來。而且她也沒有加穿褲襪。

她制服外仍穿著那件開襟衫，外頭再罩了件深藍色的制服外套，這是唯一不同之處。

「看起來沒什麼變耶。」

「外觀上雖然只多了一件，但變得暖和很多喔。」

她低聲補充道：「多虧有某人。」我訝異地「唔」了一聲，可見我對昨天的事仍十分介意。

話說回來。

「這身制服很適合妳。」

「謝謝學長♪」

還是要稱讚她一下。

「**那妳覺得我的冬季制服怎麼樣？**『今日一問』。」

我也沒什麼變就是了。

「嗯，和平常一樣。」

「喂，沒別的好說了嗎？」

夏天結束，逐漸轉涼時，我就開始穿深藍色的毛衣，今天又多罩了件制服外套。制服褲也換成了深色的，總算從夏季略裝換成正式制服。

「整體看起來有點暗。」

「有點暗？」

「你頭髮是黑的，眼睛是黑的，眼鏡也是黑加藍，衣服也是黑色和深藍，鞋子也是黑的，太黑了吧。學長，你姓桐谷嗎？」

「我叫井口慶太，背上也沒有揹著兩把劍。」

「不過我覺得這樣還不錯。」

「什麼啦。」

「因為這樣很有模範生的感覺。」

原來如此。

「妳這樣說，好像我不是模範生一樣。」

「被你發現啦？」

「當然會發現啊。」

＊　＊　＊

第46天
「你覺得我的冬季制服怎麼樣？」

「話說，已經到了換穿冬裝的季節呢。」

我望向窗外，看見鐵路旁的樹葉已開始變色，忽然意識到了這件事。

再加上看見學長制服外多了外套，更感受得到時間的推移。

「怎麼突然感傷起來了？」

我永遠不會忘記，第一次向學長搭話是九月十七日。那天雖然是九月但天氣依舊炎熱，我和學長都只穿著一件短袖襯衫。

而後換穿長袖，加上開襟衫。

今天，我們換穿冬季制服，罩上制服外套。

從那天起已經過了將近五十天，我知道了將近五十件關於學長的事。

當這個數字達到一百之後……我們的未來會如何呢？

「沒什麼，我只是在想事情。」

呵呵呵。

第47天「學長，你等一下要去哪裡？」

我早上八點就醒來了。今天有場年度盛事，我按捺不住內心的興奮。活動十點才開始，太早去也沒用。當我悠哉地吃著早餐時——

maharun♪：學長早安

小學妹一如往常傳來早安訊息。

maharun♪：咦，竟然已讀

Keita：很少見嗎？

maharun♪：你知道現在幾點嗎？

Keita：八點啊

＊　＊　＊

今天是假日，學長竟然這麼早就起床，感覺不太尋常。我們又沒約好要做什麼事，他為什麼這麼早起？

maharun♪：今天下雪了嗎？

Keita：哪有

maharun♪：你要出門嗎？

Keita：對

哇，這不是「一問」，他卻這麼誠實。可能還沒完全清醒吧？

既然你將弱點暴露在我眼前，那我就要乘虛而入嘍？呵呵。

該怎麼做呢——我知道了。

maharun♪：［通話開始］

『拜託，別突然打來。』

鈴聲響了幾下後，電話另一頭傳來學長稍微壓低音量的聲音。

「學長早安。」

『……早安。』

「你不用躲進被窩講電話嗎？」

『我已經放棄了。』

「這樣啊，那我要問『今日一問』嘍。」

『妳要問問題？』

沒錯，不然我幹嘛打給你？

「學長，你等一下要去哪裡？」

『哇咧……』

###

她不但在我剛起床時發動奇襲，打電話給我，還問了個我不太想回答的「一問」。但她既然問了，我也只能回答。

『快點回答。』

「好啦好啦……我要去神保町。」

『是喔。』

「因為那裡從今天到後天，有一場連續三天的祭典。」

『祭典？會放煙火嗎？已經秋天了耶。』

「是書的祭典，叫『神保町書節』。能用半價買到全新的書，不過可能會有點小瑕疵。」

『喔，你要去那裡啊。自己一個人嗎？』

「對啦，那又怎樣。」

又沒人要跟我一起去。這聽起來很像自我安慰，但就算有伴，到了那裡也是各逛各的。

『那麼學長……』

不要突然嗲聲嗲氣，這樣我會覺得很肉麻，而且有股不好的預感。

『我可以跟你一起去嗎？』

嗯……一起去是沒關係，但我到時候一定沒辦法顧到她，因為我想專心逛書攤。

我沉思了一會兒，小學妹繼續追擊。

『那個……我不會打擾你的。』

「好吧，我真的不會理妳喔。」

她可以接受這點的話就好談了。

『沒關係。我會跟在你三步後方當個大和撫子，等著看吧。』

「好啦，我知道妳是pink。」

『討厭！別敷衍我！』

之後她再提到撫子，我就這麼回她好了……對了。

「忘了說，那裡人還滿多的，妳沒問題嗎？」

我想起上次電車誤點時擠電車的事。還是先問一下比較好。

『只要和學長在一起就沒問題。』

「……妳這麼說真的很狡猾。」

『咦～？』

「煩死了。那就十點在神保町車站……唔，十點半可以嗎？」

『ＯＫ。』

＊＊＊

於是我來到了神保町。今天是週六，電車沒那麼擁擠。

「喔，妳來啦。早安。」

現在明明是早上，學長的眼睛卻閃閃發亮，讓我覺得很新鮮。因為他平常都一臉愛睏。

「學長早安。」

「我們走吧。」

我們還沒講幾句話，學長就爬上通往地面層的樓梯。我連忙追在他後頭。

平常都是我走前面，所以這點也很新鮮……不對，上學時也是這樣，學長總是會先穿過校門。

不同的是，我們穿的不是制服而是便服，我們之間的距離也變短了。

話說，學長真的沒轉頭也沒看我。他走在我兩階之前，眼神直盯著前方的廣告。

我順著他的視線望去，那裡以大大的文字寫著「神保町書節　今年連辦三天！」……沒關係啦，他早就說過不會理我了，哼。

來到地面層，陽光燦爛，讓人覺得有些刺眼。

從剛才的廣告看來，神保町封了一條街當作徒步區，街上擺滿書攤。廣告上寫著「遇雨中止」，應該是怕書被雨淋溼吧。

「還好沒下雨。」

「我原本還擔心天氣預報不準呢。」

學長依舊直盯著前方，大步向前走，但我向他搭話他還是會回。

我們從地下鐵出口走了一個街區，來到圖書節的會場。街道入口掛著一道橫布條，各式書攤在道路中央排成兩列。

「哇，真是天堂。走吧！」

學長的低語隱約傳入我耳中，我可以感受到他的雀躍。

＃＃＃

好，我整個人都興奮起來了。

今天的預算是一萬日圓，我帶了十張千圓鈔。

這裡的書都很便宜，一萬日圓應該能買到很多書。待看的書又要變多了。

今天會找到怎樣的書呢？希望能挖到寶。

我邊想邊混入書攤周圍的人群中。

「這本多少？……五百？好便宜，我買了！」

「哇這本好棒！一千塊給你！」

「我要買這本！」

這裡果然是天堂。

再逛下一攤。喔，這攤有各種新書，好棒。我內心懷著滿滿的期待，這時我的左手腕突然被人從後方抓住。

我一轉頭——只見小學妹鼓起臉頰。怎麼了？

「學長。」

「怎麼了？」

「我擔心會走散，可以拉著你的手嗎？」

人確實滿多的。

她不喜歡擁擠的人群，被我拋在一邊應該很難受吧。

但老實說，我比較想一個人沉醉在書堆裡。

「好吧，手給妳。」

「謝謝學長。」

好，下一攤！

「……這樣好難拿書。」

到了下一攤，我立刻發現這個姿勢的問題。

我左手被她拉住，只有右手能動。

只用一隻手很難將想看的書從攤位上挖出來，翻閱內容。這個動作的難度應該有G級。

就算能做到也會傷害書本。這些書雖是五折、三折的折價品，但好歹也是商品。我身為愛書的人，也不想粗暴地翻書。

「不行嗎？」

「有點礙事。」

攤位前擠滿了挑書的人，我們這樣說話會打擾到人家。

「手被拉住很難拿書，所以……」

我正想說「妳還是拉我包包的帶子吧」，小學妹的動作卻讓我頓時語塞。

「摟手臂的話——」

小學妹走到我身旁，右手繞過我的腋下，左手也貼了上來，完全包覆住我的手臂。

變成了情侶間的挽手姿勢。

「——就沒問題了吧？」

這樣一來，我的手確實能自由活動。

衍生出的問題是……她的胸部竟靠著我的左上臂。

不過最初的目的達成了，我的雙手恢復自由，我們也不會走散。

「我才想問妳，這樣沒關係嗎？」

「對象是學長所以沒關係。」

我不敢問她，她指的到底是「胸部碰到沒關係」，還是「被當成情侶也沒關係」。

＊＊＊

我們手挽著手，在擺滿書攤的街上逛了兩圈。
雖然有點害羞，但為了不要走散也只能這樣。嗯。
學長盡情買完書後，我們走進附近的家庭餐廳吃稍遲的午餐。
「呼啊……」
我一坐下才意識到自己的疲累。沙發坐起來很舒服。
「怎麼打呵欠了？」
「我累了，因為學長弄這個又弄那個的。」
「妳這樣講怪怪的吧！」
「嘿嘿。」
「不准傻笑。」
我們隨便點了些吃的，還點了飲料吧。
輪流拿完飲料後，終於可以歇口氣。
「學長。」

「怎麼了？」

「你為什麼喜歡看書？」

「為什麼啊……」

學長喝了一口柳橙汁。

「要說原因，大概是因為有趣吧。」

「喔……」

我想想接下來該問什麼。

「你喜歡上書的契機是什麼？」

「沒有『這是我的轉捩點！』這樣一個明確的契機。」

「是喔，好無聊。」

「喂，別這樣批評別人的人生。不過，還有個原因。」

眼前的學長又啜飲了一口果汁。

「我父母都很喜歡看書，也看了很多書。我是他們的獨子，待在家裡接觸書本的時間長了，自然會開始看書。」

「是喔……」

我喝了口可爾必思。對啦，他說的也沒錯。

「我可以問妳『今日一問』嗎？」

對了，他今天還沒問。

「好的。」

學長拋出了一個驚人的直球。

「妳今天為什麼要跟我來這裡？」

「你問我為什麼……」

原因當然只有一個。

「因為喜歡啊。」

「這樣啊。」

學長就此沉默下來。

我明明還沒說我「喜歡」什麼。

我有可能和學長一樣「喜歡」書，或者「喜歡」神保町這個地方，又或者「喜歡」和學長共度假日，又或是——

明明有這麼多可能性，學長卻不繼續問下去。

「久等了，這是您的蛋包飯。」

店員為我們送餐，靜止的時間又開始運轉。

「餐點都到齊了嗎？」

「對。」

「請慢用。」

我以眼神向學長示意開動。

「我要開動了。」

「我要開動了。」

然而，我明白不必心急。

慢慢來，慢慢來就好。我還想再多了解學長一點。

這是我唯一的願望。

第48天 「學長喜歡怎樣的書？」

「學長。」

「妳怎麼會在我家，小學妹？」

「伯母說我可以來。」

「妳們怎麼都沒跟我說。」

星期日下午。我坐在客廳看著電視上的益智節目，吃著稍遲的午餐。昨天才和我手挽手漫步神保町的可愛學妹就坐在我正對面。

「有什麼關係嘛。你覺得炒飯如何？」

「好吃是好吃……」

她料理手藝很好，讓人恨不起來。調味方式和我媽不太一樣，我很喜歡。

她是不是開始抓住我的胃了？……不過我本來就沒有要逃。

「那就好。」

「妳到底是來幹嘛的？」

「昨天是『讀書之秋』嘛，所以今天就是『食欲之秋』。」

「那也不用來我家啊……」

「因為我知道學長一定不想出門。」

……真糟糕，我無法否認。

秋天到了。說到「○○之秋」，還有個說法是「藝術之秋」。

「欸，我想問『今日一問』。」

「好的，你要問什麼？」

「**妳校慶最後決定要做什麼？**」

「怎麼突然問這個？」

「『藝術之秋』讓我想起了這件事。」

看過行事曆後，我發現離校慶還早得很。校慶一連兩天，辦在這個月二十三、二十四日那個週末。

「我最後決定要畫畫。」

說得也是。美術社成果展中，最適合展出，或者說人們最容易聯想到的就是畫。

「……來得及嗎？」

要繪製像油畫那種適合展出的畫作，應該滿花時間的。她每天畫一點可能還來得及？但她感覺就不會花太多時間在這上面，因為她經常跑出去玩。

「不知道耶。」

「竟然說不知道。這不是妳該做的嗎？」

「話是這麼說沒錯……總會有辦法的。」

「妳也太隨便了吧。」

我聽了有點傻眼，這時小學妹也向我提問。

「**學長喜歡怎樣的畫？**『今日一問』。」

怎樣的畫……怎樣的畫？

「好難喔。」

我思考了好一會兒，卻只講得出這幾個字。我好弱。

「畫的種類很多啊。」

「可是我一竅不通。」

我知道畫有很多種，也知道畫有很多分類方式。

像是人物畫、風景畫、靜物畫。

或是油畫、水彩畫、水墨畫、電繪。

也可以依畫家而論，例如畢卡索或梵谷。

世上的畫這麼多——但我現在才發現，我至今從未認真欣賞過繪畫。我當然分辨得出畫材的差異，對於抽象畫以外的畫也能看出畫的是什麼——然而畫作所用的技法、背後的故事……我卻一竅不通。

「你真的一點概念都沒有喔？」

「嗯……」

我好歹是個現代人，每天看這麼多繪畫、插畫、圖片，卻答不出「喜歡怎樣的畫」——總覺得有點丟臉。不過，不懂就是不懂。我只是不知道怎麼去談論繪畫而已。

「是喔……」

「如果問妳『喜歡什麼類型的書』，妳也答不出來吧？」

「唔……我……」

「大概就是這種感覺。」

我認為關鍵在於自己接觸這項事物時抱有多大的興趣。

「那我就不管畫材和畫風，想畫什麼就畫什麼嘍！」

「原來妳想問我的意見啊？」

「因為慫恿我參展的人就是你啊。」

「抱歉啦。」

慫恿……慫恿……也是啦。

「我不太擅長手繪，所以想用電繪。」

「妳有設備嗎？」

「我家有液晶繪圖板，不過是家人用過的。」

……喔，原本是她哥的。

「超強，有夠專業。」

「沒那麼誇張啦。」

＊＊＊

「那妳決定要畫什麼了嗎？只剩三週了。」

美術社的學長姊說我們社員很少，所以很歡迎我參展。

他們還說，既然我決定要參展，就一定要生出作品來。

不過我還沒動筆。

我已經想好要畫什麼，但還不知道要怎麼畫，構圖也還沒決定。

「還沒。」

「喂喂，妳這樣行嗎？」

所以——我打算請學長陪我去取材。

「都是學長害的。」

「啥？」

我傾身靠向學長。

「都是你慫恿我參加校慶——」

學長聽見我的遷怒後，露出苦笑。

「——所以你明天要陪我。」

「三連休最後一天……陪妳幹嘛？」

「陪我去取材。」

「什麼？」

學長似乎沒想到我會告訴他答案，他一臉驚訝，愣愣地問。

我平常邀他出去時都只告訴他地點，不會說要幹嘛。像這樣直接說出目的還滿少見的。

……不過我這次也沒說出具體內容。

「我再告訴你要在哪裡會合。」

這樣就行了。

「咦咦……好強勢……」

＃＃＃

我看著強迫我答應後，一臉得意的小學妹。

她身穿毛絨絨的毛衣，略帶茶色的頭髮放了下來，豐潤的嘴唇塗著一層薄口紅，然後……啊，她望向我。一雙大眼睛反射著窗戶射入的光線，搖曳生輝。

我這樣不只是看，根本是直勾勾地盯著她。

「學長？」

她望著突然沉默的我，微微歪頭。那動作真的很可愛。不，或許是她在裝可愛？我分不清兩者的差別。

小學妹，她，米山真春。

無疑是我這兩個月來最密切接觸的異性，但我不知道她是怎麼看待我的。

應該說，別說和異性，我就連和同性也不會每天說這麼多話。

我們很常接觸。物理上的接觸可能沒那麼多，但言語上的你來我往絕對是最多的。

兩個人距離很近，換言之——

就會很容易喜歡上對方。

還是說……

其實我已經喜歡上她，只是自己還沒發現？

我心中想著這些事。

「學長～？」

小學妹伸長脖子，盯著我的臉。她微微鼓起臉頰，是不是在氣我不理她？還是……

我也該回應她的叫喚了。

「好啦好啦。」

「你看著我在想些什麼？」

她發現了嗎？應該發現了吧。

我那樣直直盯著她，她當然會發現。

「我什麼都沒想，只是有點想睡罷了。」

然而這不是「今日一問」，所以我不用據實以告。

「是嗎？」

「真的啦。」

小學妹露出不懷好意的笑容，讓我有些坐立難安。

「好吧。就當作是你說的那樣吧，學長。」

她說完後眨了下眼睛，看起來非常可愛。

我可能已經逃不出她的手掌心了。

第49天 「猜猜我來這裡看什麼？」

週一是文化日的補假。

難得放假，我卻一大早就被小學妹叫出來，搭上了電車。

我們搭的是和平時反方向的電車，今天是假日，車上很空，站在老位置會顯得很奇怪。

所以我們並肩坐在長排座位。

「小學妹。」

糟糕，還有點想睡。假日還是該待在家睡到中午。

「怎麼了，學長？」

坐在我左側的小學妹轉向我。她的長髮晃了晃，飄散出香氣。

「我們要去哪裡？」

「我們是誰？」

「我們從何處來？」

「……從家裡來。」

「我不是在和妳談高更。」

我們像在回答益智節目的問題般，唸出高更畫作的名字。不過這個畫名還真哲學，光是這樣自問自答就能耗一個晚上。

話說回來，小學妹說要為了校慶的畫作出門取材，到底要去哪裡？

「『今日一問』，**我們要去哪？**」

「海邊。」

「現在是秋天耶，而且已經快冬天了。」

現在下水應該會心臟麻痺而死。

「唔……」

「我們不是要去游泳，我也沒帶泳衣來……還是說學長，你想看我穿泳衣嗎？」

說不想看是騙人的。

「先不說這個。」

可惡，玩弄我的感情。

「我們要去臨海的地方。」

「去吃壽司？」

「交通費這麼貴，都能吃高級料理了。」

「去釣魚？」

「很冷耶，我才不要。」

我也不要，今天沒帶防寒衣物。

「那要幹嘛？」

「你很遲鈍耶，要去水族館啦。」

對耶，海邊的確有水族館。

「妳要去水族館取材？」

「對。」

我想想，這條路線上哪一站有水族館？

「有點遠耶。」

「好像要搭一個多小時。」

坐都坐下了，車上也很空，應該能專心看書。

「我可以看書嗎？」

她嘆了一口氣。

「……請便。」

＊＊＊

學長看書時，我在旁邊滑著手機，滑一陣子就膩了。

我們難得不是面對面，而是肩並肩坐著，感覺有點稀奇。但學長好像不這麼覺得。

如果一路相安無事坐到目的地就太無聊了。我決定開個小玩笑。

我關掉手機螢幕，握著手機閉上眼睛，全身放鬆。

突然倒向他有點不自然，所以我等了三分鐘。

三分鐘後，我往側面一倒，將太陽穴靠在學長肩上。

這招叫「約會途中睡著的女子」，不過現在還是早上就是了。

「喂。」

我微睜開眼，看見學長翻著手中的書。這種狀況下他還能繼續看書，真的很喜歡書呢。

「喂，快醒醒。」

我不能有任何反應。

「……咦？真的睡著了嗎？」

我近距離聽見學長喃喃自語。

「嗯……」

接著傳來啪的一聲，應該是他闔上了書。

下一個瞬間。

身旁的學長動了一下，我的頭忽然有股麻麻癢癢的感覺。

學長伸出右手，溫柔地撫摸我的頭。

「頭髮好軟……」

你在做什麼？

還有，你在說什麼？

——如果這麼問他，他就會發現我在裝睡，所以我什麼都不能說。

我只能祈禱他不要發現我耳朵熱了起來，繼續裝睡。

「到了呢。」

「好遠。」

即使路上發生了那些事，我們還是順利抵達水族館門口。

門口有個巨大的鯨魚雕像，一些親子在那前面拍照。

「學長，『今日一問』。**猜猜我來這裡看什麼？**」

「我又沒有超能力，哪猜得到？」

「這可不是普通的謎題，這是記憶力測驗。」

「什麼？記憶力？」

「我們很久以前聊過這個話題。」

「……聊過什麼？」

＃　＃　＃

什麼記憶力、什麼以前聊過，我聽完提示還是想不起來。

「我完全沒頭緒。」

「好吧，我們走。」

喂，妳不告訴我答案嗎？

我連忙追在拿著雙人套票的小學妹身後。

我對「水族館」的印象就是裡頭有很多陰暗的房間。

這座水族館也不例外，昏暗的展示間一間接著一間。水族館裡畫起來好看的東西，到底是什麼呢？

我瞥見海豚秀的介紹，小學妹看都沒看一眼。

經過鯊魚和魟魚悠游的大水槽，小學妹還是連看都沒看一眼。

接著我們來到多彩的熱帶魚水槽前，小學妹停下腳步，拿出手機。

「就是這裡。」

我看向水槽旁邊的解說牌，上頭寫著蝴蝶魚、荷包魚等我沒聽過的名字，總之棲息著很多亮色的魚。

也對，要畫就要畫這種漂亮的魚。但我還是不明白她為什麼要我猜這個。

至於小學妹本人……她打開了手機的相機功能，貼到玻璃上。

她鏡頭對準的是身上長滿了刺、略帶黃色的白魚。

這種外型特殊的魚，名叫「河豚」。

「啊！」

……我想起來了。

剛認識小學妹不久，我聽到她是美術社社員，曾隨口說了句「下次讓我看看妳的畫」。

我當時還說「那就畫河豚吧」。

在那之前好像聊到不守信的人要吞下河豚，所以我才會要她畫河豚。

「妳竟然還記得那種事？」

「學長終於想起來啦？太好了。」

老實說，我那時只是隨口說說。

先不論來龍去脈，光是知道她接受我的提議，打算將河豚繪製成圖，我就很開心了。

「謝謝妳。」

我面對水槽角落說得很小聲，正在觀察河豚的小學妹仍聽見了我的低語。

「不會。敬請期待下下週的校慶。」

這件事讓我感到很難為情，忍不住挖苦她。

「希望妳畫得完。」

「什麼嘛，你好過分。」

「哪有，我是真的很擔心妳。」

「但你話裡沒有感情。」

「好了，該回去了。妳還要畫畫吧？」

「你在說什麼？這場約會才正要開始呢，學長。」

她轉過身來，在悠游的熱帶魚襯托下顯得特別耀眼。

讓我無法抗拒。

第50天　「對了，妳怎麼記那麼清楚？」

「讓我們回歸基本問題吧。」

我們快步走進電車，站到老位置後，小學妹這麼說道。

「嗯。」

我揉著惺忪睡眼，試圖喚醒模糊的意識，愣愣地應了一聲。

「呃，咦？」

我醒了，完全醒了。

「妳剛剛說什麼？」

「我說，讓我們回歸基本問題吧。」

「什麼叫基本問題？」

小學妹似乎就在等我這麼問，詭異地笑了笑。

「你知道嗎？」

她清了清喉嚨，慎重其事地說：

「『今日一問』已經來到第五十題了呢。」

「過這麼久了啊。」

她是九月中向我搭話的，現在已經十一月，過了將近兩個月。這麼說來，的確過了五十天左右。

「五十題(gojyuu)，已經問完一半了呢。」

「五重塔(gojyuu)？」

我本來想說五十肩的，還是算了。

「那是『五』，是five不是fifty。」

「好啦。」

＊＊＊

沒錯，已經過了五十天。

一臉無趣的學長忽然想到什麼似的問我：

「對了，妳怎麼記那麼清楚？」

那一瞬間，我的思考凍結了。

……我沒想到他會問這個問題。這原本只是個開場白，或是開啟話題的方式。為什麼學長對這種事總是不夠機靈呢？

「……不行，我不說。」

我無法撒謊帶過，總覺得這樣對學長不公平。但我又不太想說實話，只好先拖一下時間。

……順帶一提，我回答的不是「我不能說」，這是一大重點。我現在並沒有緘默權，因為我們之間有那個規定。

不知學長是沒有考慮到我的心情，還是察覺到仍故意這麼說——看他賊賊的笑容，一定是後者——他對我使出了必殺技。

「這是『今日一問』。」

「討厭……好啦，我老實告訴你。」

「這問題有這麼嚴重嗎？」

「沒有，可是……」

啊，好害羞。這件事我沒對任何人說過，就連我父母應該也沒發現。

「我有在寫日記。」

我只是簡單記錄當天發生的事情。

雖然手機上有很多日記APP，但我偏好寫在筆記本上。我為了讓自己更有動力，還特意準備新的筆記本，寫上標題，將日記收進書桌抽屜裡。

＃＃＃

小學妹那張可愛的臉漲得通紅，一副難為情的樣子，我還以為是什麼事，原來只是會寫日記。

我覺得這習慣很好。人腦是個差勁的記憶載體，記憶（這裡可能要說「紀錄」比較恰當）存在裡面很快就會變得模糊，最終被遺忘。因此將每天發生的事、自己的想法甚至心願，以有形的方式——作為文字留存下來，是個很棒的習慣。

我雖然覺得這樣不錯，但自己沒有足夠的心理餘裕，因此沒這麼做。

「從什麼時候開始寫的？」

這個問題我也沒想太多就問了出口。

若從國小就開始寫，那就厲害了，已經成為長久的習慣；若是上了高中才突然決定寫日記，那也滿有心的。

「九月十七日。」

我先是想，她記得真清楚。

接著又想，這日期還真近，距今不到兩個月吧？

這時我才感到不對勁。

「嗯嗯？」

將近兩個月……我們剛剛好像也提到了這個數字。

當時在聊什麼？對了，小學妹說，我們至今問了五十題。

「對啦，就是從第一次和學長交談那天開始的！不行嗎！」

喔，我懂了。

「也不是不行啊。」

「什麼叫『也不是不行』……」

「這是個人自由嘛。」

「我不是那個……唉，算了。」

她基於某些原因——具體來說，是因為和我交談——而產生了想寫日記的念頭。就只是這麼回事吧？

「日記啊。」

「你還想問什麼？」

「手寫？還是用智慧型手機？」

「手寫。」

哇，好認真。

「都是你在問我，這樣不公平。學長，『今日一問』。**你會寫日記嗎？**」

攻守突然交換，不過我也沒什麼東西好「守」的就是了。

「以前寫過。」

「以前？」

「國小的時候。」

一年級時，導師要大家寫日記，全班同學便乖乖照做。

升上二年級時，有些人覺得寫日記很麻煩，只剩一半的人維持這個習慣。

隨著一年年過去，寫日記的人越來越少。到了畢業那天，只剩我一個人有在寫日記。

寫日記到底有什麼意義？

年幼的我不禁這麼想。因此國小畢業後，我就不再寫了。

「哦～原來你還有這樣一段過去。」

「現在卻覺得如果當初繼續寫下去，也許還不錯。」

「下次借我看。」

「不要。小學生寫的東西沒什麼邏輯。」

「我想看你小時候的字。」

「我不要。」

「下次去你家時，一定要借我看。」

「喂。」

「說好嘍？」

「就說我不要了。」

她站在我面前，用閃亮的眼神望著我，但我可不會上她的當。

「拜託嘛。」

一直拒絕她也滿殘忍的……啊，我想到了一個交換條件。

「給我看妳的日記，我就考慮看看。」

「咦？真的嗎？」

小學妹一瞬間笑逐顏開，不過隨即低下頭喃喃自語。

「啊，可是要給你看我的日記……」

「沒錯。」

其實我有點好奇她寫了什麼內容。

「唔……學長小時候的日記……雖然很吸引人……」

我看著小學妹苦惱不已的模樣，不知不覺間，電車就抵達了日南川站。

第51天　「學長吃炸雞塊時，會加檸檬嗎？」

「學長早安。」
「早安。」
平凡無奇的一天又開始了。
「那個，學長。」
「怎麼了，小學妹？」
別再刁難我了。
「昨天都怪學長問了奇怪的問題，害我忘記一件事。」
「奇怪的問題？」
「你問我為什麼記得過了五十天。」
「對啊，妳說因為妳有在寫日記。昨天的事妳也寫了嗎？」
「嗯，我寫了！」
小學妹大方地承認後，才突然想起她要說的事。

「不是啦，我要說的是那個（are）。」

「擊劍？」

擊劍比賽中用以表示開始的術語就是「Allez」。

「我昨天說『讓我們回歸基本問題吧』，話才說到一半。」

她無視我的笑話。算了，這個哏滿無聊的。

「對耶，妳有說。那是什麼意思？」

「不知道耶。」

「什麼叫不知道？」

「應該說我還不能確定。」

「啥？」

「但總覺得我們最近問的『問題』和一開始差很多。你不覺得嗎？」

嗯……

我明白她想說什麼。

「對耶。」

可是這感覺很難用言語表達。

就算想用言語的網子捕撈它，它還是會像水一樣從縫隙中滴落。

「你懂嗎？」

「我應該懂。」

「這種稱不上奇怪，但有點『怪怪的』感覺，到底是什麼？」

「我也不知道。」

這種時候該怎麼辦？

我想起以前看過一本書，裡頭的主角很喜歡舉例，他的座右銘就是「舉例為理解的試金石」。

＊＊＊

學長好像也明白了我的感覺。

「我們一開始都問怎樣的問題？」

我很想說明這種感覺，將它表達出來。

不只我這麼想，學長一定也是這樣。

「例如喜歡的食物、飲料、血型。」

「有點像在填基本資料表。」

沒錯，學長形容得很正確。

我當初問了很多問題，以得知學長的基本資料。我們有時也會唬弄對方，但為了增進彼此的理解，主要問的仍是基本資料表上的問題。

「最近呢？」

「你昨天問我為什麼記得過了五十天。」

沒想到我後來竟得向他坦承自己有在寫日記。

「之前還聊到了繪畫。」

「妳還問過我，為什麼喜歡看書。」

舉了這麼多例子，答案逐漸明朗。

「我們好像越來越常問對方『為什麼』……？」

好像真的是這樣。

「……對了，難怪我覺得最近越聊越深入。」

「深入？」

我大概懂他想說什麼。

「我們有時候不是會聊得太深入，以致自己的心靈受創嗎？」

「對。」

「我是這個意思。」

「原來如此。」

＃　＃　＃

不過……

我覺得聊得太深入以致心事被挖掘沒有什麼不好。

但我還是有點煩躁。

「怎麼了？」

眼前的小學妹見我陷入沉思，便問我怎麼了。

「我有點煩躁。」

……我只能這麼回答她。小學妹聽完我的回答也沉默下來。她用右手抵著下巴，擺出思考姿勢。

「我覺得聊得深入是件好事。只要能夠了解妳，也就是了解未知的事物，對我來說就夠了。而且知識——這樣說怪怪的，應該說資訊？——也沒有深淺之分。」

「……啊，我懂了。我完全懂了。」

小學妹的頭原本傾斜三十度，聽我說完便恢復垂直。

「是嗎？快告訴我。」

連我自己都還無法用言語表達。

「你明明就知道。」

「咦，我真的不知道。」

「咦，你騙人的吧？」

「是真的。」

她的臉一下子靠了過來，隔著眼鏡盯著我的眼睛。

太近了，太近了啦。好聞的香氣竄進我鼻腔，讓我心慌意亂。

「唔，好像是真的……那就讓我來解釋給你聽，我們為何會感到煩躁。」

＊＊＊

「我們最近問的問題都太直接了。」

「直接？」

「對。以前的我們比較像浮雕。」

浮雕，relief。

「應該說，我們會先藉由幾個問題旁敲側擊，再從中挖掘對方的資訊。」

「喔，我懂。就像犯罪側寫那樣？」

「大概差不多。」

學長同意我的說法，接了下去：

「然而，現在的我們……」

「離得毫不手軟。」

「原來如此啊。」

一開始雙方都有很多顧慮。這是當然的，因為我們完全不了解對方。

所以我們自然問得「很淺」。

相較之下，我們最近變得很熟，如今甚至可說是親近過了頭。

我們現在可以直接問對方一些比較私人的問題，相處起來比較方便，同時卻也失去了有如在木板上刻出浮雕般，旁敲側擊的樂趣。

一則以喜一則以憂，指的就是這種狀況吧。

「……我已經搞不懂有沒有必要『回歸』了。」

「這是妳提議的吧？」

「那我們從今天起先回歸幾天好了。『今日一問』。」
「幾天嗎……」
我準備了一個回歸之後可以問的簡單問題，這是我昨天吃晚餐時想到的。
「學長吃炸雞塊時，會加檸檬嗎？」
「不會，幹嘛加那種酸東西？」
學長立刻回答。我也覺得他應該不會加。
「那妳會加嗎？『今日一問』。」
「一定會加，聽說檸檬很營養呢。」
「是喔。」
不過，從這個問題可以推敲出學長什麼面向呢？
……至少現在的我還不清楚。
我不希望問了問題卻毫無收穫，因而向學長提議。
「這週六我們一起去吃炸雞塊吧。」
「這種事需要特別決定嗎？……我是可以啦。」
「呵呵，說好嘍。」
於是，我們決定這週六要來場炸雞塊約會。

第52天 「你喜歡香菇還是竹筍？」

「秋天了。」
「已經冬天了吧？超冷。」
今早氣溫驟降。即使上了電車，每當車門打開時還是會有冷風灌入。
「接下來是猜謎時間。」
「什麼？」
不過這也不是什麼大問題就是了。
「說到秋天的食物，你會想到什麼？」
「秋天的食物？有很多吧……」
我不理會開始沉思的學長，逕自公布答案。
「答案是香菇。」
「妳只是想講香菇才問我這題吧？」
「答對了。」

第52天
「你喜歡香菇還是竹筍？」

嘿嘿。

既然猜到了這個，接下來的東西你應該也猜得到吧，學長？

「那麼……」

「等一下，我猜猜看，是那個吧。」

哦，他真的要猜呢，好期待。

「秋天的食物？香菇？要把這些湊成『一問』，答案只有一個吧。」

「哦？」

是不是太好猜了？算了。

「The war of mushroom and……」

「好啦好啦，你答對了。不必用英文裝酷，學長。」

「竹筍的英文是什麼？Bamboo baby？」

「再多個『bo』，ba行的字就湊齊了，真可惜。」

「真的耶。」

學長說著便開始用手機查單字。

「原來叫Bamboo shoot或Bamboo sprout。」

就是竹子嫩芽的意思吧，原來如此。

學長的「Baby」其實也猜得滿接近的了。

＃＃＃

「妳是要說『香菇竹筍大戰』嗎？不過竹筍的產季是春天。」

「那個先不提。『今日一問』，**你喜歡香菇還是竹筍？**」

「今天繼續問浮雕問題？」

「沒錯。」

一般說到「香菇竹筍大戰」指的都是巧克力，但我故意唱反調。

「菇類有很多種耶，松茸、香菇、杏鮑菇，還有……」

我裝傻地說完，小學妹做了個綜藝摔。

「這答案出乎我意料。」

「因為妳想得太簡單了。我喜歡竹筍，那種脆脆的口感無與倫比。」

「杏鮑菇也硬硬的，很好吃啊。」

「口感差很多。」

「……好吧。」

小學妹拍了一下手。

「別說這個了。學長比較喜歡『蘑菇山』，還是『竹筍里』？」

「蘑菇山。」

「咦！」

「蘑菇山的巧克力比較多。」

「巧克力的多寡不能決定零食的好壞。」

小學妹氣呼呼地向我應戰。好，我樂意奉陪。但我還是先提問確認一下。

「『今日一問』。**妳喜歡蘑菇山還是竹筍里？**」

「竹筍里，巧克力底下的餅乾很好吃。」

「蘑菇山用的是蘇打餅，也很好吃。」

「不，還是脆脆的竹筍里好吃。」

不行，我們的對話沒有交集。有沒有證據可以說服她？

「竹筍字數太多了吧？太難唸了，不及格。」

「蘑菇山（kinokonoyama）有六個音，竹筍里（takenokonosato）有七個音，後者比較符合日文七五調的韻律。」

「竹筍不是完全體，它還會變成竹子。菇類卻都是完全體。」

「我還沒看過哪個菇比竹筍大。」

「有啊，靈芝那類的。」

那種長在樹上扁扁的菇類。

「那東西很硬，能吃嗎？」

什麼？她竟然知道。

「靈芝在中國還被當成藥呢，很補。」

「這些已經跟巧克力沒關係了吧，學長？」

「沒差啦，我只是想證明香菇怎樣都比竹筍好。」

後來我們又爭論了好一陣子，但我終究沒能說服小學妹。

＊　＊　＊

「分不出勝負呢。」

下了電車後，我轉頭望向學長。

「這場戰爭要是分出勝負，明治可就頭大了。」

「嗯，說得也是……」

我忽然瞥見站內商店的零食區擺著蘑菇山和竹筍里，真巧。

離上課還有段時間。雖然才剛吃過早餐，但我還是買了竹筍里。

「我要傳教。」

我為了掩飾害羞這麼說完，將零食塞進學長嘴裡。

你可以再對我溫柔一點，學長。

第53天　「學長都用哪種筆？」

「學長早安。」
「早。」
今天冷風也吹得人發抖。
小學妹圍了一條格紋圍巾。
「那看起來好暖和。」
「被你發現啦？這個超溫暖的～」
她捧起脖子上的圍巾向我炫耀，頭髮隨之搖動，顯得蓬鬆柔軟。
正當我們閒聊時，電車劃破秋天的空氣駛進站內。我們一如往常地上車，面對面站在老位置。
「呼啊……」
車上開著些微暖氣，人也滿多的，相當溫暖。
剛起床就置身如此溫暖的空氣之中，感覺就像回到了被窩……講白了就是我想睡覺。我

第53天
「學長都用哪種筆？」

剛吃過早餐，肚子也飽飽的。

「學長，你睏了嗎？」

「我沒有一天早上不睏的。」

「我昨天十點就睡了，一點都不睏。」

「真令人羨慕。」

昨晚我在做什麼？

複習上課內容，看推特、網路小說……拖拖拉拉過了十二點才睡。可能生活過得太懶散了才會想睡吧。

「學長，我要來問『今日一問』。」

「又是旁敲側擊的問題？」

「沒錯，來嘍。」

效法浮雕的系列活動來到了第三題。

「**學長都用哪種筆？**」

「Pen Pineapple。」

「Apple Pen……不是啦！」

「將來會不會推出鳳梨筆這種商品呢？」

「感覺超重的。」

「應該很香。」

「但葉子會刺到手。」

「也對。」

扯遠了。

「妳問我用哪種筆？呃，我都用旋轉自動鉛筆。」

那是三菱推出的自動鉛筆，筆芯會自動旋轉，讓筆保持尖銳。用這種筆寫字時，筆尖接觸紙面的力量會使橘色的齒輪旋轉。簡單來說，每寫一劃，筆芯就會隨之轉動。

我原本用的是鉛筆，寫字可辛苦了。寫著寫著字就會變粗，之後讀起來很不舒服，所以我必須每寫三劃就轉一下鉛筆。旋轉自動鉛筆能替我完成這道手續真的很棒。

「你用旋轉自動鉛筆？那個我用不習慣。」

「因為握把太硬嗎？」

旋轉自動鉛筆有個缺點，就是握把。

不知是出於成本還是設計考量，基本款的旋轉自動鉛筆並沒有橡膠握把。上頭雖有止滑用的橡膠環，手握處卻是凹凸不平的塑膠。

討厭這點的人還滿多的，但我並不在意。

「握把還好，我比較不習慣寫字時筆尖晃動的感覺。」

「喔，那就沒辦法了。」

它正是藉由筆壓讓筆芯旋轉，這點無可改變。對我來說沒差就是了。

是說難得聊到自動鉛筆，我決定拿出我的好夥伴讓她見識一下。我翻了翻藍色鉛筆盒……抽出我從國一開始用了四年半的「水藍色」自動筆……不過我還真喜歡藍色啊。

「就是這枝筆。」

「咦？」

小學妹看見我手中的自動筆，一臉驚訝。

「這原本是什麼顏色？」

「看不就知道了。」

「不，看不出來。我第一次見到這種『透明的』自動筆。」

對。我身為能夠當上學生會長的優秀學生，被我握了四年半的筆表層的顏料當然已經剝落，中軸部分看起來就像透明的塑膠管。手指較少碰到的筆管上方，也就是筆夾周圍，勉強還殘留著顏色。

「畢竟我每天都用這枝筆做筆記。」

「這枝筆你用了多久？」

「四年半左右。」

「學長現在高二，所以你上國中就開始用嘍？」

「是啊。」

日復一日用這枝筆，不知不覺就變成這樣了。

＊＊＊

「我也要問『今日一問』。**小學妹上課時都用怎樣的自動筆？**」

我特地把範圍擴大為「筆」，學長卻偏要加些上課時、自動筆之類的附帶條件。他想得太簡單了。

「我幾乎不用自動筆。」

「咦？」

學長眨了眨眼睛。

「所以妳只用原子筆？……喔對，妳不用筆記本抄筆記。」

我覺得將筆記抄在筆記本上太麻煩，所以都直接抄在課本和講義上。我們之前聊過這個話題，學長也想起了這件事。

「自動筆在課本上很難寫。」

「我懂。」

「所以我只用原子筆，像是SARASA的橘色、紅色、藍色、粉紅色。」

不用自動筆，就不必帶橡皮擦在身上，這樣鉛筆盒會空很多。

「SARASA是哪個公司出的？」

「百樂吧？」

我從書包拿出筆確認。

「是ZEBRA。」

「斑馬啊。」

「學長的三菱是三個鑽石呢。」

「我的好像比較強。」

「斑馬比較大，一下子就把你的鑽石踩扁了。」

「啊……」

＃＃＃

如果筆記都抄在課本上，用原子筆的確更適合。我在課本上做記號時也都用紅筆。

「對了，我可以順帶問個問題嗎？」

聊到這裡，我心中萌生了惡作劇的念頭，說是想到了一個能調侃她的問題也行。

「嗯，你要問什麼？」

「妳都用什麼筆寫日記？」

不可能全都用原子筆吧？她可是用手寫的呢。

小學妹聽完我的問題，深深地嘆了口氣。

「我說你啊，學長。」

「嗯？」

「這個問題太卑鄙了。」

她拉起圍巾遮住嘴巴（裝可愛），微低著頭回答。

光是能看見她這副模樣，問這個問題就值得了。

「你問『太深』了……好像也沒有。總之，你太狡猾了。」

「抱歉啦，握有妳的弱點。」
「都是你的錯。不過——」
她踮起腳尖，在搖晃的電車上對我低語。
「既然學長對我的事那麼有興趣，告訴你也無妨♪」
說這種話的妳才狡猾吧，可惡。
「好啦好啦，我有興趣，超有興趣。」
我不敢正面接招，只能半開玩笑地回應她。
「什麼嘛。好吧，我這就告訴你。」
哦？是什麼呢？
「……我都用以前買的便宜自動筆。」
這、這樣啊。

＊＊＊

「……就這樣？為了這點東西，有必要裝神弄鬼嗎？」
我臉上的紅潮終於退去。這回答意外地平淡，學長似乎覺得很掃興。

呼，還好這不是「今日一問」。

因為——

那枝自動筆上，貼滿了愛心貼紙。

不能讓學長掌握我更多的弱點。

第54天 「學長有被女生餵過嗎？」

「你還是這麼早到啊，學長。」

「妳也是啊，離約定時間還有十五分鐘呢。」

「你是什麼時候到的？」

「我還以為會合前能看完這本書……」

我們平常都約在隔壁車站，今天約了個不同的車站，預定午餐時間會合。我來得太早，看了一會兒書小學妹就來了，這讓我有點不爽。

今天要實行小學妹前幾天提議的「炸雞塊約會」。

我們這對情……不，我們不是情侶，我們這兩個人，對「炸雞塊要不要加檸檬」各持己見，因而特地來到炸雞塊專賣店。

「炸雞塊啊。」

「你討厭炸雞塊嗎？」

「不會啊，炸雞塊是肉耶。」

「你是覺得『是肉都好』嗎？」

我們並肩邁開腳步，自然而然地開始閒聊。我一如往常打安全牌，穿著平凡無奇的衣服，小學妹也往常般打扮得很可愛，露出迷人的「絕對領域」。我不禁懷疑自己真的適合走在她旁邊嗎？不過這種事再怎麼想也沒用，畢竟我已經在她身邊了，這樣就好。

「嗯，差不多。」

我的確覺得「是肉都好」。只要是男高中生，大概都和我一樣。

「今天要去吃高級的雞肉呢，可惜你不懂欣賞。」

「可是雞在肉類排名中，應該是最低的吧？」

「也對啦……」

第一是牛，再來是豬，最後是雞。

「我喜歡雞肉，吃起來很清爽。」

「炸雞塊味道還滿濃的耶。」

「雞肉本身很清爽，所以怎麼調味都適合！」

「好啦好啦。」

我們聊著聊著，就來到了今天的目的地。那間店的門簾上寫著大大的「炸雞塊」。對了，這裡是炸雞塊專賣店。

「走吧！」

「好喔。」

我們隨即被帶到二人座，瀏覽菜單。上頭只有炸雞塊。畢竟這裡是炸雞塊專賣店。雞腿、雞胸、雞軟骨……雞身上所有部位都被做成了炸雞塊。

「學長，你要吃什麼？」

「炸雞塊。」

「我不是問這個。」

都進到這間店了，一定會吃炸雞塊。

「嗯……我可能會點雞腿或雞胸吧，但我分不出差別。」

「哎呀。」

小學妹用一種「你好遜」的眼神看著我。

「……好啦，其實我也不懂。」

「喂。」

她吐了吐舌頭，果然很會裝可愛。

「我有個提議。」

「說來聽聽。」

「我們各點一種，分來吃怎麼樣？」

有道理，這樣就能比較雞腿和雞胸的不同，也能比較加不加檸檬的差異，一石二鳥。

「好啊。」

「那麼……」

我還以為既然談成了，那麼雞腿和雞胸各點一份就好。然而小學妹似乎不這麼想。

她微站起身，傾身靠向我。咦，這是怎麼回事？那對形狀漂亮的胸部映入我眼簾，誘惑力十足。

「你要『胸』還是『腿』？」

她的臉（和胸部）太靠近我，我害羞地垂下眼眸，視線卻不由得停在她的短裙和膝上襪之間。剛才我只瞥了一眼，如今那個部位就在我面前，讓我看得目不轉睛。

前門有胸，後門有腿……嗯？胸和腿？

……原來她的用意是這個，太高招了吧。

「我點腿好了。」

才不會讓妳得逞呢。我按捺住慌張的情緒，若無其事地回答。

＊＊＊

哼，我原本想整整學長，沒想到他只愣了一下就回過神來。這個人越來越難整了。

「是喔，不點胸嗎？」

「……不是說好待會兒再交換嗎？」

嘖，無機可乘。算了，這樣也好。要是聊得太深入，我自己也會害羞。

「對啦對啦。」

點完餐過了一會兒，剛炸好的雞塊便被端上了桌。

「喔喔……」

「好棒喔。」

炸雞表面金黃油亮，看起來就很好吃，還飄散出誘人的香氣，讓人食指大動。

我們一同喊了開動，我從自己面前的雞塊開始吃。我要先擠檸檬，嘿咻。

……嗯，好吃。家裡做的炸雞塊炸不到這麼脆。雞胸也清爽不油膩，不愧是專賣店。

我望向默默點頭的學長。好了，我要來認真調戲他了。

「學長，『今日一問』。」

「現在？」

「是的。**學長有被女生餵過嗎？**」

＃　＃　＃

剛出虎穴，又入狼窩。這次我壓抑不住慌張，筷子喀噠掉落。我聽見聲音才回過神來。

「你在緊張什麼？」

「沒、沒有啊。」

「你明明就超緊張的。」

冷靜點，喝口水，拿雙新的筷子。

「冷靜下來了嗎？請回答。」

「咦，呃……沒有。」

當然沒有，我也沒跟哪個女生這麼好過。

「我想也是。來，啊～」

小學妹夾起一塊熱騰騰的炸雞胸肉，舉到我面前。

呃？她這是要餵我嗎？她都說「啊～」了。這不是中午一起吃便當的情侶會做的事嗎？

她要餵我？為什麼？我們又不是那種關係。

「我又不是小嬰兒。」

「有什麼關係，來嘛。」

在她自然卻又強勢的催促下，我下意識張開了嘴。她將雞塊塞進我大張的嘴裡，肉香在我口中擴散。與此同時，害羞的情緒也在我體內擴散。

好熱，內外都是。

「呵呵呵，我很高興成為第一個餵學長吃東西的女生♪」

「……啊～」

單方面被餵讓我覺得很不爽，我夾起手邊的炸雞塊餵給小學妹。

「來，啊～」

接著小學妹又餵了我一塊……

我們就這樣餵對方吃完了所有雞塊。

結果我點的炸雞腿肉，我只吃了一塊。

咦？你問我味道差在哪？

我哪管得著味道。

第55天　「學長今天做了哪些事？」

炸雞塊約會隔天。

老實說，我根本沒想到她會餵我吃東西，內心驚魂未定。連昨天怎麼回家的我都記不太清楚，晚上還夢到小學妹將各種東西塞進我嘴裡。當她拿著矽膠做的可折疊無人機說「這是胃鏡」要餵我時，我真的快嚇死了。

她這週末沒有連續約我出去，連早安訊息都沒傳。我很久沒像這樣睡到自然醒了。

中午過後，太陽西沉，天色逐漸昏暗時，小學妹終於傳訊息給我。

maharun♪：晚安

maharun♪：我要來問「今日一問」

maharun♪：**學長今天做了哪些事？**

光是看到訊息，我腦中就浮現昨天互餵雞塊的畫面。冷靜下來一想，當時店內其他人一定都用異樣的眼光看我們。唔，真糟糕。

Keita：今天啊

Keita：我打了遊戲

maharun♪：哦？

maharun♪：你不用念書嗎？

Keita：書也念了一點

Keita：但我要趕緊把手上的遊戲玩一玩

maharun♪：為什麼？

Keita：寶可夢的新作快要發售了！

發售日就快到了，我必須將手上的遊戲玩到一個段落，才能心無罣礙地玩寶可夢。

maharun♪：喔……

maharun♪：好吧。

Keita：我也要問「今日一問」

Keita：**小學妹今天做了哪些事？**

maharun♪：你也要問這個？

小學妹一定是希望我問她這個問題，才搶先問我的。算了。

maharun♪：我想想

maharun♪：我從早上就在畫畫

哦？畫畫。

畢竟我們已經去了趟水族館。但我還是不知道那是取材，還是約會。

Keita：校慶的畫嗎？

maharun♪：對啊對啊

Keita：辛苦了

Keita：加油

這句話是真心的。陪她去完水族館，我的工作就結束了，只能像這樣替她加油。

maharun♪：謝謝學長

Keita：草稿畫好了吧？

maharun♪：畫是畫好了

maharun♪：但不能給你看

maharun♪：敬請期待校慶

我有點好奇她的畫便這麼問，卻被她直接拒絕。看來我只好老實等到校慶當天了。

是說經過那次取材，她到底想畫怎樣的畫呢？

第56天 「你玩過Pocky game嗎？」

今天是十一月十一日，Pocky日。

前幾天我成功餵了學長，今天想和他玩「那個遊戲」……應該說，忍不住這麼想。

不過在大庭廣眾下玩這種遊戲不太好，我也不好意思這麼做。思索了半天——只想到一個辦法。

我決定早上和學長聊天時，先取得他的許可，這應該是最好的做法。

「學長。」

「怎麼了？」

「今天放學後我可以去學長家嗎？可以吧？」

「……嗯？」

這不是「今日一問」，他有權拒絕我。所以我只能靠氣勢強行闖關。

「伯母已經答應我了！可以吧！」

「呃，好。」

他答應我了，好耶。

＃＃＃

小學妹突然說放學後要來我家，害我一整天上課都心不在焉。

她到底要來做什麼？

我回到家苦思了一陣子後，聽見對講機的鈴聲。

「請問哪位……是小學妹啊，我想也是。」

「我是小學妹～」

「妳來幹嘛？」

「我待會兒再說，先讓我進去。」

我總不能在門口和她爭論。我打開門讓小學妹進屋。

「『今日一問』，**妳來幹嘛？**」

我不曉得她的意圖，因而決定率先展開攻擊。

「我來玩你。」

「玩『我』？」

不是「和我玩」嗎？

「很遺憾，我就是要『玩你』。」

好吧。

小學妹吐了吐舌，說出殘忍的話語。我看見她手中提了個塑膠袋，裡頭裝著紅盒子。

「太遺憾了。」

小學妹進到我房間，坐在我為她拿出的坐墊上，感慨地道：

「你房裡的書依然這麼多。你除了看書，沒別的事可做了嗎？」

「念書。」

「教科書、習題本這些也是書啊。」

「教科書不算書吧？」

「它名字裡有『書』耶。」

「嗯……」

教科書裡有注釋、有被改得亂七八糟的地方，還有沒必要的「試試看」。所以我不太將教科書視為「書」。

「這種事不重要啦。」

第56天
「你玩過Pocky game嗎？」

「喂。」

小學妹從塑膠袋中拿出紅色盒子問我：

「學長，你知道今天是什麼日子嗎？」

我不想乖乖回答，畢竟我早上已經被整過一次了。

「鮭魚日。」

「什麼？」

「十一十一疊在一起，就成了『鮭』的右偏旁。」

「是喔～」

「今天也是花園鰻日。」

「啊，我知道，是不是下半身埋在沙子裡的生物？」

「對對。1111排在一起，很像花園鰻。」

「原來如此。」

還沒完呢。

「今天也是豆芽菜日、麵日、開動日、豬肉包日……」

全部都和「1111」的形狀有關。

「夠了，你是故意的吧？你不想說就由我來說好了，今天是Pocky日。」

「我有異議！」

啊，不小心吐嘈了。算了。

「小學妹，我告訴妳，今天十一月十一日並不是『Pocky日』。」

「咦？可是便利商店寫今天是Pocky日耶。」

「錯了，今天是『Pocky & Pretz日』。」

別忘了綠色包裝的Pretz。

「沒差啦，反正我只吃Pocky。」

「Pretz的沙拉口味也很好吃啊，尊重它一下。」

「容我修正，反正我們『等一下』要吃的是Pocky。」

看到她從袋子裡拿出寫有「Pocky」的紅色盒子時，我就已經猜到了……附帶一提，我書桌抽屜裡也有買來當點心的Pocky。

「現在吃點心不會太晚嗎？」

「下午五點的點心還好吧？我要問『今日一問』了，學長。」

剛才她問我「今天是什麼日」時，我就在想她為什麼不用「今日一問」，但礙於氣氛我並未問出口。原來她打算留到這時候用嗎？

「**學長，那個……你玩過Pocky game嗎？**」

我隱約猜到她可能會問這個問題。說到十一月十一日就想到Pocky，說到Pocky就想到Pocky game。

先不論古今東西……單就現代日本而言，Pocky game已是老掉牙的遊戲。遊戲方式是兩人咬著一根Pocky的兩端，慢慢往前咬，在嘴唇不相碰的前提下看能走到哪裡。

而我，當然沒玩過。

我沒有可以玩這種遊戲的對象，即使和同性朋友也不會做這種蠢事。

「沒有。」

「真巧，我也沒有。」

小學妹邊說邊打開紅色盒子。

她從鋁箔包裝中抽出一根Pocky，抽菸似的用食指和中指夾著拿到嘴邊。

「那麼——要不要來試試看？」

她咬著沒有巧克力的那端，將臉靠向我。

裹著巧克力的餅乾棒在我眼前隨著小學妹的呼吸起伏。

「……我可不會輸。」

我說完便含住Pocky，巧克力香氣在我口中擴散。

我和小學妹互相使了個眼色，各自咬起餅乾。

話說——

這要怎麼分出勝負？

我們的嘴唇原本相距十公分，逐漸縮短為七公分、五公分。

然而鼻子比嘴唇更先碰到。

我們都太專注於Pocky，突如其來的碰撞讓雙方抖了一下。兩端被咬斷的那截Pocky掉到了地板上。

「……Pocky掉了。」

「……對啊。」

「誰先咬斷的？」

我鼻子好熱，感覺快流鼻血了。

「同時吧？」

「好像是。」

「那就……再比一次吧。」

「要把臉側開，這樣鼻子才不會撞到。」

「好的。」

這次換我咬住餅乾端。

意識到對方就輸了。我一個勁兒地往前咬，咬到巧克力後睜開眼睛，只見小學妹的臉近在眼前。

眼睛、睫毛、鼻子、臉頰、嘴唇。每個部位都軟嫩又光滑，與其說她美，不如說她很可愛。

那張可愛的臉向我靠近，靠近，再靠近。

停住了。

雙方嘴唇似乎只差一公分？五公釐？那距離已無法由我們主觀判斷，只能以「最近的距離」來形容。任一方稍微一動，距離就會瞬間化為零。

不對，等一下。

呈現靜止狀態，就代表小學妹也和我一樣不再往前咬。

我望向她。

她連耳朵都紅了，還狠狠地瞪著我。要是能出聲，她似乎想說：「快鬆口，學長！」

我也是個有骨氣的人。我說不會輸就是不會輸。

既然不能倒退，就只能想辦法維持現狀。

我盡量在呼吸時保持不動，仔細觀察小學妹的動向——

「慶太，你在哪？」

Pocky又掉了。

「你怎麼不告訴我真春來了？我都沒端茶給你們。」

這次害我分心的是我媽的聲音。

「我們不用喝茶！」

我朝門外大吼。氣死我了。

「是喔？」

我們吃了這麼多餅乾，就算因緊張而口渴，嘴巴也會自動生出唾液，不必喝東西來潤喉。重點是還沒分出勝負。

「剛才也是平手吧？」

「對，這次我一定會贏。」

小學妹第三次咬住Pocky。

結果——我們重複玩著不分勝負的Pocky game，直到袋子空了為止。

第57天 「學長平常都幾點睡？」

「學長早安……呼啊。」

「嗯，早安。」

我和平時一樣，在車站月台向學長打招呼。

……我臉紅是因為天氣冷，絕不是因為昨天那場遊戲。

「怎麼了？妳難得看起來這麼睏。」

……他無視我臉上的紅暈，卻不放過我不小心打的呵欠，這麼問我。

「沒什麼。」

若他問得太細，我會害羞，所以我得努力含糊帶過。可是謊話說得太明顯又會被拆穿，因此我也不能太努力。

「這樣啊。」

電車來了，我們倆一同上車。

我昨晚就已想好「今日一問」，而且是在被窩裡想到的。

「學長，『今日一問』。」

「現在就要問？妳是想早點問問，早點睡覺嗎？」

「什麼？」

「妳既然想睡，就睡一下吧。」

「我不會在電車上睡覺啦，而且也沒位子坐。」

我也不喜歡睡臉被別人看到。

「這樣也可以睡吧？」

「什麼？」

「站著也可以睡吧，靠著牆壁就行了。」

「啥？」

這個人在說什麼？

「睡著時身體會放鬆耶。」

「嗯。」

「膝蓋不會軟掉嗎？」

「會嗎？」

「咦，你不會嗎？」

「我不會。」

看來學長和我的身體構造不太一樣。

「總之你搞錯了，我沒有要睡覺。我要問問題嘍。」

「好，妳問吧。」

＃＃＃

「**學長平常都幾點睡？**」

「話題又回到睡眠上了。」

我忍不住吐嘈。

「快點，這是『今日一問』。」

「好啦好啦。呃，我晚上一換日就會準備上床，實際躺進被窩大概是十二點半吧。」

「咦，這麼晚？」

「我每天睡覺時間都不一樣，這是平日的平均值。這樣算晚嗎？」

「對，難怪你每天都很睏。」

「原來如此～」

很晚嗎？不過我睡不到七小時，的確算晚。

「**小學妹呢？妳幾點睡？**『今日一問』。」

「最晚不會超過十一點。」

「哇，好健康。」

「是你太不健康了。」

「我除了有花粉症和近視外，目前還滿健康的。」

一般來說這樣下去可能會搞壞身體。但我還年輕，我相信自己一定沒事。

「……真的嗎？對了，健康課好像有教過『健康』的定義。」

「啊～對耶，ＷＨＯ提出的定義。」

「就是那個。」

我想起健康課本上有一段「何謂健康」的敘述，老師還要全班朗讀。

「照那段定義檢視下來，日本人應該沒一個健康的。」

「就是說啊。」

「內容是什麼？一年前上過，我忘了。」

「呃……我也忘了。」

「喂。」

問不出個結果，我乾脆用智慧型手機查。
「健康是『身體、精神、社會適應各方面皆處於完滿狀態』。我考前明明還記得……」
「這只是個理想吧，呼啊。」
小學妹掩著嘴打呵欠，另一隻手高舉過頭，伸了個懶腰。
「嗯，太理想了。」
人們在祈求自己「永保健康」前，應該要先祈求自己「變得健康」才對。不過現在的我應該還滿健康的。

＊＊＊

「話說回來，妳為什麼這麼睏？」
我好像不知不覺伸了個懶腰。
學長一臉壞笑，第二次問這個問題。我感覺到他堅持想問出點什麼。
「……就說沒什麼了。」
還好我的回答是這個，要是我說自己因為生理期來，晚上睡不著，他要怎麼回應？
「妳啊，妳知道我們認識多久了嗎？」

「今天是第五十七天。」

「說起來，妳有在寫日記嘛。」

「你想說什麼？」

「沒事，謝謝妳的回答。」

你這樣隨口調侃人太狡猾了……學長……

「過去五十七天……不對，是五十六天，我從來沒看過妳這麼睏。」

「哈……好的。」

我差點又要打呵欠，趕緊接了聲「好的」。

「所以我當然會好奇啊。」

「那你剛才幹嘛不用『今日一問』問我？」

我不假思索地說完，才發現自己已經睏到無法思考。

「啊，妳果然有事瞞著我。」

看吧，被發現了，真糟糕。

「妳昨天幾點睡？」

「十二點過後。」

我騙他的，我一點左右才睡。

「喔～比平常晚睡一個多小時，當然會睏。」

「是的。」

「原因呢？」

我想想，要講哪個呢？

「主要是因為校慶的畫。我畫得太專心，忘了時間。」

「原來如此……離校慶還久，別太勉強自己喔。」

「學長是在擔心我嗎？謝謝。」

「我哪有……」

學長每天都很睏，我反倒覺得是他在勉強自己。

……他今天看起來也很睏，真拿他沒辦法。

「嘿！」

我將手伸向學長的後頸，塞進他的制服和皮膚之間。那細瘦的身軀嚇得震了一下，扭動起來。

「妳、妳要幹嘛！很冷耶，喂！」

「學長好溫暖喔。」

「身體當然比手溫暖啊。」

學長又氣呼呼地說了句：「啊，還是好冷。」我可不道歉。

「妳是不是很容易手腳冰冷？手也太冰了吧。」

電車上雖然溫暖，但這股暖意很難傳到我的指尖。

「你這麼說，那你自己呢？」

「我也滿容易手腳冰冷的。」

「真的嗎？」

我攤開雙手，伸向學長。

「什麼意思？」

「你自己想。」

「妳啊……」

學長抱怨歸抱怨，還是伸出那雙大手，從上方包住我冰冷的手心。

手臂形成的兩座橋連接了我和學長。

「……真的很冰呢。」

我們的手掌溫度不相上下。儘管他握住我的手，我卻不覺得溫暖。說不定我的手還比他暖一些。

「畢竟我很瘦。」

「手掌冰冷的人……」

「其實心很溫暖？那麼我們的心一定熱呼呼的。」

「熱呼呼？」

很少有人用「熱呼呼」來形容心，心又不是便當。

「把手塞進口袋裡會好一點。」

「乾脆戴手套好了。」

「這樣很難滑手機吧？」

「說得也是。」

總而言之，學長和我一樣容易手腳冰冷。

＃＃＃

「我昨天睡不著，有一部分也是因為手腳冰冷。」

「咦？蓋條被子不就好了？」

「手腳冰冷不是蓋條被子就能解決的好嗎！」

「是嗎？」

蓋了被子就能睡著吧？

「學長，你那叫假性手腳冰冷。你真該嘗嘗我們的痛苦。」

「妳別小看我的手腳冰冷。有次健康檢查抽血時，我的血管還縮了起來，差點要重新抽血。」

當時我們在沒有暖爐的寒冷走廊上等了很久，輪到我時還來不及讓身體回暖，針就扎了下來。結果我的血液循環太差，原本應該立刻全滿的針筒，只抽出了半管血。

「啊，我也有類似的經驗。」

「真的假的……」

看來我們都滿嚴重的。

「學長晚上睡得著嗎？」

「可以躺在被窩裡滑手機，滑到身體暖起來啊。」

「是喔～」

小學妹露出發現獵物的眼神，這眼神我看過很多次。

「那麼學長……」

她呵呵一笑，接著說道：

「下次我睡不著就LINE你，你要陪我喔。」

「咦？」

糟糕，被她擺了一道！原來她目的是這個！

……然而，話都說到這裡了，我再怎麼爭辯也沒用，只能乖乖聽從小學妹的話。我本來就沒有權利拒絕。就算不理她，她還是會自己傳訊息過來。

「學長睡不著，我也睡不著，我們都有手腳冰冷問題。就聊到身體回暖、想睡為止，可以嗎？」

「……嗯。」

如今似乎我連睡前的時間，也被小學妹蠶食鯨吞了。

第58天 「你睡前會想些什麼？」

昨天晚上。

我悠哉地複習功課，不知不覺就到了十一點。

maharun♪：晚安

maharun♪：你還沒睡吧？

手機螢幕亮了，小學妹傳訊息給我。

Keita：我還在書桌前

我不是用智慧型手機，而是用電腦回她訊息。

maharun♪：我想也是～

Keita：幹嘛？要聊天也行啦

maharun♪：可是你還在念書吧

Keita：沒錯

老實說我還不太想睡，也還沒鑽進被窩，沒辦法陪她「聊到想睡為止」。

maharun♪：學長你……

maharun♪：還是算了

Keita：喂

Keita：妳想說什麼？

她這樣吞吞吐吐讓我更好奇了。

maharun♪：今天的「一問」已經用掉了

maharun♪：我明天再問

Keita：好吧

於是到了隔天早上。

「學長早安。」

「早。」

我一如往常和小學妹在月台會合，她今天看起來沒那麼睏了。

最近天氣變冷，我們制服外都穿著大衣。小學妹穿的是牛角釦大衣，我穿的則是普通的海軍大衣。

「好冷。」

我將冰冷的手插進口袋，全身發抖。今天滿冷的。

「真的好冷。」

我們搭上電車，我在心裡向暖氣道謝，小學妹隨即提問。

「學長，『今日一問』。」

「喔，妳想好了是吧？」

「是的。**學長，你睡前會想些什麼？**」

「想些什麼？」

她突然這麼問，我也不知道。我會想些什麼呢？

「我從沒注意過所以不知道耶。」

「說個大概就好，例如你昨天想了什麼。」

昨天？我念完書鑽進被窩後……

「我回想了一下課堂上學了什麼。」

「哇，不愧是模範生。」

「妳翻白眼是怎樣？」

我不只回想課業，還有想其他事啦。

別用「你這個書呆子」的眼神看我。

「我在想明天，應該說今天會被問什麼問題。」

「咦，你指的是我嗎？」

「對啦，我在想妳會問我什麼問題。不行嗎？」

她講到一半又不講完，我當然會在意。當我閉上眼睛，放空準備睡覺時，這件事自然而然浮現在腦海。

＊＊＊

「行啊。」

怎麼會不行呢？

我本來想說：「學長，你也太在意我了吧？」用以回敬他的揶揄，但在我下定決心說出口前，他搶先問我：

「妳才是，『今日一問』，**妳在被窩裡會想些什麼？**」

「我想想，我昨天想了什麼？」

當時我裹著毛毯和棉被，呆望著手機。

「我在想你訊息回得真快。」

「我用的是電腦，打字比較快。」

……我指的不是這個。不過既然學長誤會，那就算了。

「我在想，你怎麼又在念書。」

「嗯，那是我的念書時間。」

「結果想著想著就睡著了。」

「那就好。」

我覺得自己回答得很隨便，但學長並沒有說什麼，那就沒差了。

# # #

我沒膽揶揄她：「妳也太在意我了吧？」

反倒是小學妹問我：

「你昨晚有睡好嗎？你看起來還是那麼睏。」

「好睏。」

我的確很睏。

「你可以睡一下。」

第58天
「你睡前會想些什麼？」

「說什麼傻話，我在跟妳聊天耶。」

我還沒有粗神經到會在跟人聊天時睡著。

「我想看你睡著的樣子。」

「誰會在早上搭電車時睡覺啊。」

「那回家路上就會嘍？」

嗯……

「某人害得我最近回家路上都在看書。」

「是誰呢？」

就是妳。

「我只在家裡睡覺。」

我有時在學校上課上到一半，也會因為太睏而恍神，不過我認為那不算「睡覺」。

「那我再挑一天假日早上去你家拜訪。」

「妳啊……」

我可不喜歡自己的睡臉被人看到。

電車載著我們這兩個聊廢話的學生，哐噹哐噹地前進。

第59天 「我被其他男性告白時，學長會有什麼反應？」

今天不用交作業，這週也挺閒的，所以我昨晚早早就上床睡覺。我平常都拖到十二點之後才睡，但早點睡也沒什麼壞處。工作纏身時另當別論。

我在小學妹的睡覺時間，也就是十一點左右上床蓋好被子。

我心想她一定又會傳LINE給我，說她睡不著覺。到時候我就隨便回回，等待睡意襲來就好。

然而……

我等了十分鐘、二十分鐘，最後一個小時過去，換日後小學妹都沒傳訊息給我。

我強迫自己入睡，睡著的時間一如往常。今早醒來時，當然也如往常般疲倦，而且睏到不行。

我揉了眼睛又搓了臉頰，拋開睡意，騎著腳踏車到八丁畑站。小學妹已經站在月台等我了，可是……

好奇怪。

平常我一走近，她就會注意到我（我不知道她怎麼知道的），然後轉頭向我打招呼。今天卻都沒有反應。

我只好自己向她搭話。

「早安。」

「……呃，是學長啊？早安。」

她看起來無精打采，果然怪怪的。

「妳好沒精神，感冒了嗎……好像也不是。」

「我很好啊。」

「才沒有。」

我反駁了她，卻又不知該如何把話接下去。我們陷入一陣尷尬的沉默。

電車進站，我們倆默默上車。

「咦，我真的那麼沒精神嗎？」

小學妹站到老位置後，才像活過來似的開始說話。

「妳的聲音比平常低了一些。」

「喔，是聲調的問題嗎？」

「這不是重點。妳暴露了。」

我好像很久沒主動提出「今日一問」了。平常幾乎都是小學妹問什麼，我就跟著問……

「我可以問『今日一問』嗎？」

「我又不能說不行。」

她真的有點陰沉，還有點消極。

「我要問嘍。**妳為什麼這麼沮喪？**」

＊＊＊

我大概知道為什麼。應該說，我根本就知道確切的原因。

不過我沒想到自己竟沮喪到被學長發現，所以有些不知所措。

無論如何——我都得回答。說吧。

「我猜有個可能的原因。」

「嗯嗯。」

學長抓著扶手，將頭靠向我，擺出傾聽的姿勢。

「可是……我非說不可嗎？」

「嗯，對。」

那學長也要做好心理準備嘍——我在心裡對他說。

「就是……昨天放學後，有個同學找我出去。」

「找妳出去？」

「是的。我正感到疑惑時，他就給了我一封信。」

「男生喔……」

「不然學長比較喜歡女女嗎？」

「沒有啦。」

嗯，我稍微恢復正常了。

「所以是什麼信？」

「我想你應該已經猜到了。」

我輕輕閉上眼，深吸了一口氣。

「學長，我可以問『今日一問』嗎？」

「我可以吐嘈嗎？妳這句本身就是問題了。」

「不好意思，我接下來要說正經的事……」

學長聽我這麼一說便清了清喉嚨，直直盯著我。

「我被其他男性告白時，學長會有什麼反應？」

＃　＃　＃

小學妹突然露出認真的眼神，讓我睡意全消。

她竟然問出這種問題。不知她是有意還是無意，但她總是牽動著我的心。

考慮一下我的心臟好嗎？它正怦怦亂跳。

「告白？」

「告白就是告白啊。信上寫著『我喜歡妳，請妳跟我交往，麻煩早點給我答案』。」

畢竟這個學妹若用一句話來形容，就是「可愛」。即使全身被牛角釦大衣包住，脖子被格紋圍巾圍住，她的臉還是那麼惹人憐愛。個性就……嗯。

可愛的學妹被告白，然後她問我對這件事有什麼反應。老實說，我什麼都想不到。

既然不明白，就想到明白為止。我脫口說出一些玩笑話爭取時間。

「別把人家的情書唸出來，妳有考慮過他的心情嗎？」

「我不是唸，只是節錄重點，沒問題的。」

「喔，是嗎？」

反正我也不知道那個男生的名字。嗯，應該沒問題。

我理不出一個頭緒。

我希望她怎麼做？

我能為她做什麼？

我對她懷抱的心情，有沒有名字？如果有名字，那會是什麼？

她是否也對我抱有相似的心情？

該想的事情太多，我能夠思考的時間卻很少。

我完全沒頭緒。

「嗯……」

思考這些事占用我太多腦力，以致我連閒聊都辦不到。

「突然這麼問你，你也很困擾吧？」

「嗯，很困擾。」

小學妹深深地嘆了口氣。

她稍微側身，望向窗外。

「那麼，我今天先不回覆他。」

她還說：「我給優柔寡斷的學長一個晚上的時間。」

「明早我要聽到學長的『答案』。聽完之後，我再決定怎麼回覆同學。」

我們今早的對話就此結束。

我心想，自己差不多該做好覺悟了。

第60天 「如果我什麼都不說，妳會怎麼樣？」

小學妹拋下震撼彈的隔天。

天空十分晴朗，彷彿在嘲笑我似的。我在晚秋的微弱陽光中，騎著單車劃破冷風，思考今天的事。

「我被其他男性告白時，學長會有什麼反應？」

小學妹昨天說的話一直在我腦海裡打轉。

我對她而言是什麼？

我能為她做什麼？

我該對她做什麼？

我連她的「要求」都還沒實現。

我從昨天就在思考這些事，到現在還在想。

想著想著，我很快就如常來到車站旁的腳踏車停車場。我向入口的警衛打過招呼後，停好腳踏車，上了鎖。每做完一個動作，就更接近與小學妹見面的時間。

我感覺得到自己的心跳。下了腳踏車過了好一會兒，我還是很喘。

原來我也會為這種事緊張——我像個旁觀者似的想。

「早安，學長。」

我一通過剪票口就發現了她。或者應該說，是她發現了我。

她站在老地方，打扮一如往常，唯獨散發出的氛圍和平時不同。她站得直挺挺的，雙眼直盯著我。

「嗯，早安。」

我們不能再像從前一樣。我對這段關係有什麼期待？希望它變成怎麼樣？我們該更進一步，還是該徹底斷絕往來？

我感覺到她要我「回答」這些問題。

搭上電車。

我們走到老位置，不像平時那樣靠在一起，而是面對面站著。

換個角度想，我們好久沒像這樣認真對決了，我應該享受這個過程。不過，我在心裡發誓，我會認真回答。

「好的學長，請告訴我你的『答案』。」

我已經想好怎麼「回覆」。

「我還沒想到。」

——但我還沒想好「答案」。

「什麼？」

小學妹聽不懂我在說什麼，疑惑地嘴巴又張又闔。

嗯，是意料之中的反應。

「學長，你明白現在的狀況嗎？我……」

「我明白。我待會兒會做決定，妳先告訴我一些必要資訊。」

我不想用LINE問她這些，這種事還是該面對面談。

「『今日一問』。**如果我什麼都不說，妳會怎麼樣？**」

「你問這個問題，就等於要介入這件事了。」

啊，難道小學妹發現我很在意她了？有這麼明顯嗎？

不對。事到如今，她早就看透我的心情了。

「我不是那個意思。」

「所以學長不會有任何反應？」

「唉，不是啦……」

是我問法不對嗎？

「我換個方式問好了。假設我什麼都沒說，而妳也接受了那個同學的告白。」

「嗯。」

「妳會怎麼樣？」

「嗯……應該就會和那個人交往吧。」

我想也是。

「那麼，我們的關係又會如何？」

我和小學妹是早晨和週末的好夥伴，常常混在一起，雖然有時候也不知道自己在幹嘛。

若她真的和那個人交往，我們這段關係會有什麼改變？

「嗯……」

小學妹手指抵著下巴，擺出思考姿勢。

「那個人對女友管得不嚴，我們說不定還能維持現在的關係。」

搭這條線上學的只有我和小學妹，上學途中的互動應該不會改變，我大可不必擔心。

「妳竟然知道這種事？」

「別小看女生的情報網。」

「好可怕。」

我在那個情報網中的評價又是如何呢？

算了，現在先別想這種事，還是專注在我和小學妹的關係上。

若她交了男友，我們平日上學途中的互動雖然不會改變，但她假日就不會突然邀我出去，睡前的LINE也會改傳給別人（不過我們也只傳過一次）。

嗯……

原本習以為常的東西就這樣消失，我一定會覺得很寂寞。

「好，我知道了。我現在就來回答妳昨天的『問題』。」

我還想維持這樣曖昧的關係一段時間。

我們不是朋友，更不是情侶，也非一般的「學長與學妹」，這種不冷不熱的關係確實讓我感到很自在。

對於這段關係，我當然設定了一個目標或終點，並且想在抵達終點之前做一些事。我也明白，為了達到那個目標，必須提前幾天實現小學妹的「要求」。

我不想讓半路殺出的程咬金破壞我和她的關係。

也不希望這段關係被迫發展得「太快」。

一點一點，以每天一個問題的步調向對方靠近，這樣的方式才適合我們。

所以——我在搖晃的電車上抓著扶手，面向小學妹，懷著複雜的情緒說出即使被罵「渣男」也不為過的一段話。

「我不會插手這件事。不過——妳可以等我嗎？畢竟我連校規都還沒修改好。」

小學妹低下頭，深深嘆了口氣。

「討厭，你想讓我等多久啦？」

她吐光肺中的空氣後抬頭，臉上泛起一抹微笑。

「真拿你沒轍。」

我不太懂她在想什麼，但至少她還沒對我失望。

這麼一來，我就必須對小學妹做出保證。

這學期的結業典禮是十二月二十日，二十一日開始放寒假。放假後我們就沒辦法這麼常見面。小學妹的生日也在那陣子，呃，應該是十二日吧？如果能在那天之前修完校規再好不過，但那幾天有考試，有點困難。

所以——我打算在結業典禮前完成這一切。

「今年之內我就會把一切搞定，等我。」

「……知道了，我會等你的。」

我自然而然笑了出來。

「呵呵。」

「呵呵呵。」

……小學妹也一樣。

「你怎麼了？」

「我才要問妳呢。」

＃＃＃

一天的課順利結束，我回到家，念了一會兒書。

如今我在床上滑著平板，思考今早發生的事。

小學妹前天被人告白，昨天告訴我這件事。

今天，週五早上，我要她再等我一陣子。

這樣就行了嗎？

從明天起，我們又能恢復平常的關係嗎？

我不想一次前進太多，也不想失去這段關係。這就是我想傳達的事。冷靜下來想想，我這樣還真自私。

我想著這些事，用平板隨意瀏覽著推特和網路小說，這時畫面上方忽然出現通知。

maharun♪：晚安

小學妹傳訊息給我。

我看了眼訊息發送的時間，已是晚上十一點多。明天是週六，不用上課，沒想到我只是發了一下呆，時間過得這麼快。

Keita：嗨

maharun♪：你還沒睡嗎？

maharun♪：一定還在忙吧？

Keita：我來睡覺好了

反正我醒著也只會想東想西。既然決定了就付諸實行。

我已經洗過澡，只要整理一下書桌，刷個牙就好。

maharun♪：呃？

maharun♪：那個

Keita：好，我可以睡了

Keita：我躺進被窩了

從最初收到訊息到現在才過五分鐘。這種時候就會覺得，當男生真方便。

＊＊＊

我傳了一則睡前訊息給學長，沒想到學長也躺進了被窩。

他平常明明沒這麼早睡，這樣行嗎？

maharun♪：學長，你已經要睡了嗎？

maharun♪：你平常不是都十二點左右才睡？

Keita：沒關係，我今天要早點睡

maharun♪：是喔

好像真的沒關係。

我想想，要聊什麼呢？

我們一開始是因為雙方都有手腳冰冷問題，才說好要聊天聊到手腳暖起來為止。

我不禁想像學長的睡姿。他是仰躺，還是側躺呢？

maharun♪：學長還戴著眼鏡嗎？

Keita：幹嘛突然問這個

Keita：還戴著啦

近視的人要摘掉眼鏡才能睡覺。戴著眼鏡睡覺，可能會不小心將眼鏡壓在身下，要是壓壞可就糟了。

我平常白天戴的隱形眼鏡更不用說。戴著隱眼睡覺好像對眼睛不太好。

但我不知道像這樣躺在床上滑手機時，到底該不該戴眼鏡。戴了眼鏡看得比較清楚，但就怕不小心睡著；不戴眼鏡就得將手機拿近一點看，對眼睛又不太好。

看來學長屬於會戴眼鏡的那一派。

Keita：啊

Keita：原來如此

maharun♪：？

Keita：妳平常是戴隱眼

Keita：所以睡前會摘掉吧

Keita：妳現在都沒戴？還是戴著眼鏡？

學長莫名激動，訊息之間的間隔都很短。他這麼好奇我戴眼鏡的樣子嗎？……真是的。

＃　＃　＃

真搞不懂她幹嘛突然問我有沒有戴眼鏡。

——但她既然問我，就該知道我也會問她。我想起她也有近視便將問題丟了回去。

maharun♪：我戴著眼鏡

我現在就算閉上眼睛也還不想睡覺，索性就想像了一下小學妹戴眼鏡的樣子。

我想起自己之前也曾這麼想像過。好像是一個月前，我生日前幾天。

與當時相比，我和她之間的距離縮短了多少呢？我自己也不太清楚。

Keita：是喔

Keita：怎樣的眼鏡？

maharun♪：好奇嗎？

maharun♪：想知道嗎，學長？

Keita：對、對啦

她之前好像說過，我若想看可以去她家過夜。

maharun♪：真拿你沒辦法

這語氣太狡猾了！小惡魔！

maharun♪：這是特例喔

我正想回她「什麼特例」時，聊天畫面瞬間糊了一下。

maharun♪：［傳送照片］

小學妹傳來一張自拍照，她以柔軟的枕頭當背景，笑著在臉旁比了個YA。和平時不同的是那雙有點睏的眼睛以及周圍的金屬鏡框。銀色細框和她平時給人的印象不太一樣，但也很適合她。她看起來依舊那麼可愛。

maharun♪：怎麼樣？

Keita：妳好像很睏

maharun♪：我不睏

maharun♪：現在還不睏

第61天　「妳怎麼回覆對方？」

maharun♪：已經十二點了

小學妹傳了眼鏡自拍照給我之後，聊天畫面中央的日期變了。

十一月十六日，週六。

日期變了，就代表我們又重新取得「提問」的權利。

我想問她一件我從剛剛就很在意的事。

Keita：現在進入「今日一問」時間

maharun♪：咦

我半開玩笑地開場，但接下來要問的問題卻很認真。

Keita：**妳怎麼回覆對方？**

Keita：告白的事

這麼問或許很狡猾，但我就是想知道，而且我也有權利提問。

maharun♪：［通話開始］

＊＊＊

「學長？」

我睡意全消。

『怎麼突然打電話過來？』

夜深了。我們倆都躲在被窩裡，壓低音量。學長這樣的聲音我之前也聽過一次……呵呵呵。

「誰教學長突然說那種話。」

『我很在意啊。快回答，這是「今日一問」。』

這樣我就不能說謊了。

「我只說『我不能和你交往』而已。」

『對方一定有問妳為什麼吧？』

學長偏偏在這種時候就是能問到重點，真是的。

我閉上眼睛，深吸一口氣好讓聲音不會顫抖。

「我說……我有喜歡的人了。」

我隔著電話仍能清楚聽見學長吞口水的聲音。我們就此陷入沉默……不，這樣不行，我拚命把話接下去。

「呃，那是，那是因為，我沒必要向那個人說明所有的事，而且如果說了，對方反而會覺得奇怪。這麼回答就不會衍生麻煩。對，就只是這樣。」

我說服自己，臉頰和耳朵之所以發熱是因為用被子蒙著頭的關係。

『是嗎？謝謝妳。』

通話就此結束。

＃　＃　＃

maharun♪：你還醒著嗎……？
Keita：又怎麼了？
maharun♪：我睡意全消了
maharun♪：都是你害的
Keita：是嗎？抱歉
maharun♪：你要陪我，作為賠償

maharun♪：到我想睡為止

結果，我也被迫傳了自拍照給她。

第62天 「週末沒見到我，你很在意嗎？」

昨天我陪「睡意全消」的小學妹聊LINE聊到很晚。隔天被睡著之前姑且設的鬧鐘叫醒，還好是假日。

我起床後立刻看了手機。呃，因為我擔心漏接小學妹的訊息。然而是我多慮了，沒什麼重要通知。

我就這麼安穩地度過週六。

中午過後，太陽西沉，到了晚上，小學妹還是沒聯絡我。咦？

晚上十一點多，我心想該睡了而鑽進被窩，LINE依舊沒有動靜。好奇怪。

我滿心疑惑，不知不覺就睡著了。

接著到了今天，星期日。

我醒來後，不出所料，她仍然沒傳訊息給我。

總之我下了床，洗臉吃早餐。

後來我不知如何是好，便回到房間拿起平板，點開我追的網路小說，打算來看更新的章節。

但我卻完全看不下。我每看一行就想起小學妹，每看一頁就打開LINE。這樣不行。

正午過後，我終於忍不住了。

Keita：妳還活著嗎？

儘管如此，我絕對不會說我擔心她。

只能以這種半開玩笑的口吻詢問。

maharun♪：還活著啦

maharun♪：你很失禮耶

我送出訊息後盯著畫面，訊息很快就被已讀，也收到回覆。

老實說，我鬆了口氣。

＊＊＊

學長傳LINE給我的通知聲讓我回過神來。我睡著了……？

哇，我畫得太認真，趴在液晶繪圖板上睡著了。

我看看，現在幾點……正午剛過。總之先回訊息給學長吧，告訴他我還活著。

Keita：妳在幹嘛？

學長很快又傳來一則訊息。他這麼擔心我嗎？

maharun♪：當然是在為下週做準備啊

maharun♪：繪製校慶的畫

Keita：也對

我答應要在校慶中展出畫作。

然而，目前狀況有點不妙，能不能順利畫完還是未知數。因此我只好犧牲週末，拿起畫筆奮力趕工，畫著畫著卻不小心睡著了。

在我的努力下，畫作有了大幅進展，但我忘了一件事——應該說，不得不將那件事暫時拋諸腦後。

maharun♪：啊，學長，難道……

maharun♪：「今日一問」

Keita：啥？

maharun♪：**週末沒見到我，你很在意嗎？**

第62天
「週末沒見到我，你很在意嗎？」

就是這個。

我和學長自從開始聊天之後，週六或週日至少有一天會見面。

我這週趕著畫畫，放了他鴿子，我想他一定很在意，所以故意用揶揄的口吻問他。

Keita：妳啊……

Keita：我的確很在意

maharun♪：是喔～

maharun♪：你很在意喔～

Keita：不要重複說

maharun♪：是喔（壞笑）

我腦中浮現學長在畫面另一頭害羞的樣子。

Keita：當然會覺得怪怪的啊

Keita：是說，為什麼我們之前每個週末都會見面？

maharun♪：為什麼呢？

maharun♪：我也不知道

說不知道是騙他的，這是我刻意養成的習慣。

Keita：對了

Keita：妳這週忙著畫畫就沒辦法見了吧？

maharun♪：是的

Keita：畫得完嗎？

maharun♪：應該沒問題

Keita：那就好

＃　＃　＃

真奇怪。

我只是傳LINE給小學妹，不知不覺卻被她揶揄了。

這話聽起來很難懂，但對我而言這已是家常便飯。

maharun♪：不過

maharun♪：好不容易建立的習慣突然斷掉也很可惜

小學妹自顧自地說了起來。

Keita：習慣？

maharun♪：每週末見面這件事

喔。

maharun♪：學長，你要不要來我家？

maharun♪：我家現在沒人

喂！

拜託別突然說這種話，我會嚇到。這種話不管聽幾次都無法習慣。我每次聽到，心臟都快跳出來。

回答「好」就太順從了，但拒絕好像也不太對。

我感到左右為難，不自覺地揶揄了一下她。

Keita：是喔

Keita：**妳希望我去嗎？**

＊＊＊

原本聊得好好的，我卻說這種話惹禍上身。

maharun♪：開玩笑的

Keita：這不算回答

Keita：那個問題就是我的「今日一問」，快回答

他卯足全力要讓我說出難為情的話。我真該學習他這種態度……應該說，參考他這種做法。

不過……我要先解決眼前這個狀況。

maharun♪：話是我說的

maharun♪：我當然……

我正在打「希望你來」幾個字時，門口傳來開鎖的聲音。

「我們回來了。」

哎呀，出門採買的爸媽回來了。

maharun♪：啊

maharun♪：還是算了

Keita：咦？

學長現在露出怎樣的傻眼表情呢？

Keita：好吧，我也沒準備伴手禮

Keita：沒差啦

Keita：但想問一下，為什麼？

他當然會問。

maharun♪：我爸媽回來了

Keita：啥？

Keita：之前我媽在家，妳還不是來我家了？

Keita：妳還初次見面就跟她交換LINE咧

學長迅速傳了一則又一則訊息。

maharun♪：我去你家沒關係啊

maharun♪：但你不像我這麼有親和力吧？

Keita：說得也是

maharun♪：所以不能讓你來

maharun♪：明天見

不讓他來，最主要是因為要把他介紹給爸媽太令人害羞了。

這還不能告訴他。

第63天 「你知道今天是什麼日子嗎？」

「學長早安，『今日一問』。」
「太快了吧。」
小學妹見到我，立刻提出「一問」。電車來了。
「你知道今天是什麼日子嗎？」
「不知道。」
我只知道「Pocky & Pretz日」那種有名的日子，其他的我都不知道。
「今天是雪見大福日。」
「樂天的雪見大福？」
「對。」
「為什麼？」
「因為18長得很像一支叉子配兩個大福。」
我完全無法想像。

接著立刻明白自己為何想像不出來。

「抱歉，我沒吃過雪見大福。」

「咦？」

她露出大吃一驚的表情。有那麼誇張嗎？

「那我們下車後買來吃吧。」

事情就這樣定了。

日南川站旁邊有間便利商店，前陣子吃的小熊餅乾就是在那裡買的。我們在那裡買了一盒兩入的雪見大福後，走到附近一座有長椅的公園，並肩坐下。

十一月的早晨空氣冷冽。竟然要在這種天氣吃冰……

「來，啊～」

當我這麼想時，小學妹叉起兩個大福中的一個舉到我面前。她之前也餵過我，那時候餵的是炸雞塊。

一大早四周都沒人，只聽見遠方的車聲以及樹木被風吹動的聲音。

我一口咬住。

我第一次吃這種冰，味道非常、非常甜。

「你都不害羞呢。」

「我已經不害羞惹。」

「那麼，學長。」

「什麼事？」

「請你餵我吃雪見大福。」

結果又變成這樣了。

「小學妹。」

「怎麼惹？」

「那個……我可以摸妳臉頰嗎？」

小學妹一臉幸福地鼓動臉頰，吃著我餵她的冰淇淋大福。我的視線離不開她鼓鼓的臉頰，不禁脫口說出奇怪的要求。

「什麼？……咦？為什麼？」

「因為很像大福。」

「……我可以讓你摸，但你可別對其他女生提出這種要求。」

「為什麼？」

「不懂就算了。」

「啥？」

她怎麼生氣了？

「想摸就趁我還沒改變心意時快點摸。」

可以摸啊？

我小心翼翼地慢慢伸出手，先用一根食指戳向她白皙而軟嫩的臉頰。真有彈性，我手指一戳下去便被頂了回來。

小學妹微微鼓起臉頰，真不知她是生氣還是高興，抑或是樂在其中。

不過，手指貼在那柔軟的臉頰上，就像踩著彈跳床跳上跳下一樣，光看就很療癒，觸感更是令人著迷，戳久了真的會上癮。

我們穿著制服，並肩坐在早晨的公園長椅上揉著對方的臉頰。這樣的兩個人在其他人眼中是什麼樣子？

情侶？

朋友？

還是兩個怪人？

……不過，無論怎樣都好。

和小學妹在一起——很開心。

光憑這點，我們的關係就還能再維持一段時間。

（待續）

後記

我的第一本書出版後，大約過了半年。

我從網路連載之初就取好的書名，配上ふーみ老師畫的可愛小學妹，經由設計師之手收進A6大小的精美封面中（註：此為日本狀況），然後堆放在書店平台——或展示在架上——總之占據輕小說區的一隅，這現象讓我感到非常不可思議。我現在看到封面上豎起食指的真春，還是有股飄飄然的感覺。

我從小就喜歡書。無論書店或圖書館——只要是書多的地方就很安靜，聽得到翻頁的聲音、空氣中飄散著紙和墨水的味道，讓我體會到一股「神聖」感。

因此，見到自己創作的書成為營造這股氛圍的一員，我既羞怯又自豪，甚至有點陶醉。

又見面了。大家好，我是兎谷あおい。

感謝各位看完第一集後接著看第二集，還一路看到後記。正因有各位讀者的支持，學長和小學妹的故事才能繼續以書本形式出版。

兩人比起第一集又更靠近了些，這樣的關係各位覺得如何呢？

只要各位看得嘴角上揚，或興奮到打滾、臉紅、敲牆壁，對作者而言就是最幸福的事。

然後，我要告訴各位支持《回答我吧！關於學長的１００個問題》的讀者一則令人欣喜的消息。

《回答我吧！關於學長的１００個問題》！

確定要出漫畫了！！！！！！！！！！

耶！！！！！！！！！！！！！！！

漫畫將由ほんろんろん老師繪製。

我已經陸續收到分鏡稿和設定資料，只能說太棒了。骨幹忠於原作但也有省略的部分，且運用漫畫獨特的表現方式，以漫畫而言完成度極高。預定於今年春天開始連載！

說個題外話，責編當初告訴我這件事時，只在通訊軟體上說「我們收到了漫畫化的合作提案」，語氣十分平淡，所以我到現在還懷疑這是不是在整人。

都已經公告在書腰上，應該是真的吧……？

不開玩笑了——《100個問題》經過跨媒體改編，聲勢一定會更加壯大，還請各位繼續支持！

……喔，對了，還要感謝輕厲。

在寶島社發行的《這本輕小說真厲害！2020》中，本作《回答我吧！關於學長的100個問題》榮登新作第22名／綜合第56名。一年出版的輕小說多不勝數，這已經是相當不錯的成績，我和ふーみ老師都興奮不已。

這都是因為有各位的支持，真的很謝謝你們。

接下來，我想感謝協助本書出版的人。

首先是插畫家ふーみ老師，感謝您繼續繪製美麗的插圖。我收到封面圖後馬上就設為手機桌布，每天欣賞。這次封面採動態構圖，我很喜歡那股彷彿要動起來似的躍動感。慶太竟能和這麼可愛的女孩每天相處，可惡……

O責編與MF文庫J編輯部的各位，感謝您們總是精確指正原稿的問題。我這次又拖到了最後一刻且太過拘泥於細節，給您們添了很多麻煩。今後也請多多關照……！

致設計師，簡介部分的基本資料表是我任性的要求，感謝您做出我想像中的成品。致裝幀等人員，感謝您們每次的協助。致校對員，感謝您認真閱讀我亂七八糟的原稿，提出許多疑問。我下次會努力交出不讓您費心的原稿。再來還要感謝業務、經銷商、書店業者等各方人士的協助，這本書才能送到各位讀者手中。

再次感謝所有相關人士的協助。

最後是——各位讀者，真的很謝謝你們陪我走到第二集。這兩人的故事還會持續下去，無論是在接下來的小說，還是在改編漫畫中。若各位能繼續支持，我定會開心不已。

那麼，下次有機會再見。

兎谷あおい

14歲與插畫家 1~4 待續

Kadokawa Fantastic Novels

作者：むらさきゆきや　插畫、企畫：溝口ケージ

「……插畫家們都很喜歡輕小說嗎？」
最真實的日常生活第四集登場！

在網路上博得強大人氣的繪師「白砂」被選為小倉麻里新作品的插畫家，卻不斷遭到退稿而困惑不已，於是來到COMIKET尋求悠斗的意見……另一方面，終於不小心說溜嘴的茄子，以此為契機開始向悠斗傾訴自己的心情——

各 **NT$180~200/HK$55~67**

喜歡本大爺的竟然就妳一個？ 1~8 待續

Kadokawa Fantastic Novels

作者：駱駝　插畫：ブリキ

「勝利的女神」以活潑公主的樣子出現？
棒球少年與自由奔放少女一起度過了夏天……

「勝利的女神」這種東西，會突然從體育館後面的樹上掉下來耶，還會不客氣地一腳踩進我的內心世界。投手和球隊經理漸漸縮短了彼此之間的距離……應該是這樣，可是有一天，公主突然對我說「再見」，然後就消失了。就先聽我說說這個故事吧。

各 **NT$200~250/HK$60~83**

國家圖書館出版品預行編目資料

回答我吧!關於學長的100個問題 / 兎谷あおい作；
馮鈺婷譯. 初版. -- 臺北市：臺灣角川股份有限公
司, 2021.03-
冊；　公分. -- (Kadokawa fantastic novels)

譯自：わたしの知らない、先輩の100コのこと
ISBN 978-986-524-287-9(第2冊：平裝)

861.57　　　　110000949

Kadokawa
Fantastic
Novels

回答我吧！關於學長的100個問題 2

（原著名：わたしの知らない、先輩の100コのこと 2）

2021年3月10日　初版第1刷發行
2022年10月12日　初版第2刷發行

作　者：兎谷あおい
插　畫：ふーみ
譯　者：馮鈺婷
發行人：岩崎剛人
總編輯：蔡佩芬
編　輯：高韻涵
美術設計：吳佳昫
印　務：李明修（主任）、張加恩（主任）、張凱棋
發行所：台灣角川股份有限公司
地　址：104台北市中山區松江路223號3樓
電　話：（02）2515-3000
傳　真：（02）2515-0033
網　址：www.kadokawa.com.tw
劃撥帳戶：台灣角川股份有限公司
劃撥帳號：19487412
法律顧問：有澤法律事務所
製　版：尚騰印刷事業有限公司
ＩＳＢＮ：978-986-524-287-9

WATASHI NO SHIRANAI, SENPAI NO 100KO NO KOTO 2

First published in Japan in 2020 by KADOKAWA CORPORATION, Tokyo.
Complex Chinese translation rights arranged with KADOKAWA CORPORATION, Tokyo.